Les Éveillés

du clair obscur

Marie Bolus

Les Éveillés

du Clair-Obscur

Introduction

Fontvieille, commune des Alpilles ; ses châteaux, ses mas, ses carrières de pierres blanches, ses collines de calcaire pourtant boisées, ses anciens moulins à vent, ses moulins pour l'huile d'olive, son joli petit village typiquement provençal, ses puits, son canal, sa vieille font, son climat excessif : soleil, vent, averses diluviennes, ses cigales et ses moustiques. La liste est non exhaustive.

Je vais vous raconter l'histoire de quelques-uns de ces gens. Plus particulièrement de mes aïeux, de 1850 à....

Raconter n'exclut pas arrangements.

Eh ! On est au pays des galéjades, des chantres, des troubadours.

Pourtant le fond est vrai. J'espère que la garniture vous régalera.

Souvent le soir, même tard dans la nuit, mon père tapait contre la cloison de séparation de nos chambres respectives.

— Ce n'est pas fini ces rigolades ? On veut dormir !

J'avais dix ans, elle quatre-vingt-six.

Elle s'appelait Marie Seguin. C'était ma grand-mère.

Le dix août deux mille vingt, je suis tombée : col du fémur et bras cassés, soixante-douze jours d'hôpital en pleine crise du coronavirus !

Alors, posant mon smartphone sur l'accoudoir de mon fauteuil d'hôpital, dans l'application mémo, d'un doigt, j'ai écrit ce qui me passait par la tête.

Comme l'écheveau de laine que ma grand-mère plaçait entre mes bras tendus pour réaliser sa pelote, l'histoire s'est dévidée.

Je vous passerai mes déboires avec les ordinateurs et leur utilisation !

Merci à Gregory pour sa patience.

De plus, je souffre, car le mot est exact de dysorthographie.

Merci à mes correctrices Mimi, Josiane, Charlotte, Karine...

Voilà ! Bonne lecture.

La famille du boulanger

Madeleine

Fontvieille, Printemps 1885

Madeleine était en passe d'accoucher. Elle attendait son quatrième enfant. L'aînée, Marie, avait douze ans, Jean, dix et Isabelle, huit. Elle dormait difficilement ; elle écoutait le bruit du fournil en dessous de sa chambre. Par les sons, elle pouvait identifier toutes les étapes que Paul exécutait pour faire le pain. Là, elle entendait le raclé de la planche métallique qui faisait glisser le pain dans le four à bois. Le bébé lui donna un coup, puis se calma, Madeleine se rendormit.

Paul, en dessous, tout en rangeant ses sacs de farine, faisait des comptes. L'argent ne rentrait pas aussi vite qu'il l'aurait espéré. La plupart de ses clients apportaient leur propre farine qu'il fallait déduire du prix de son pain.

Tous payaient à la marque du bâton.

Pour ne pas s'encombrer de menue monnaie, chaque client donnait un bâton identifiable par une lettre ou un signe et, chaque fois qu'il prenait un pain, le boulanger, devant lui, faisait une entaille au couteau : une marque. D'ailleurs on appelait ce pain une marque. Cette dénomination perdura dans certaines régions jusqu'aux années 1980 alors que ce mode de paiement était depuis longtemps passé.

Paul rentra dans le magasin situé devant le fournil. Il sortit dans la rue, retira les volets de bois, laissa la porte grande ouverte. L'odeur du pain cuit chatouillait ses narines. Il était temps de défourner. C'était le moment que Paul préférait. Même la brûlure fugace sur ses mains calleuses le réjouissait.

Il était capable de nourrir sa famille. Miette, sa mère en avait longtemps douté. Il est vrai qu'il avait dépassé les limites en jouant et perdant au poker des sommes d'argent impressionnantes.

En fait, il avait allégrement dépensé une bonne partie de tout ce que sa mère avait amassé très intelligemment et honnêtement. Paul, enfant unique, orphelin très tôt de père, avait eu une enfance et une jeunesse dorées.

Sa mère s'étant aperçue de la déviance de son cher fils, lui avait coupé les vivres.

C'est à peu près à ce moment qu'il avait aperçu la très jolie Madeleine. Il s'en confia à sa mère, qui dans un dernier sursaut de générosité, lui acheta la boulangerie.

En fait depuis qu'il avait obtenu la main de la belle Madeleine et qu'il était boulanger, Paul était plus heureux que jamais : Il n'avait à dépendre ni de sa mère ni des créanciers. Par contre, il était responsable de sa famille.

Là, un quatrième enfant lui arrivait, il fallait que l'argent rentre.

Il avait demandé, depuis quelques jours, à ses clients de payer leur bâton.

Tout en sortant les pains dorés à la croûte craquante, il calculait que, si tous les clients réglaient leur dû, il pouvait se permettre de faire affaire avec ce représentant des nouvelles minoteries de Marseille : L'homme lui proposait des balles de farine à la mouture exceptionnelle, à des prix très intéressants. Il fallait en commander un gros stock et surtout le payer à la livraison.

Quant à la qualité du pain, il n'y avait rien à redire. Paul, avec une balle de farine que lui avait offerte commercialement le représentant, avait réalisé une première fournée pour sa famille, puis avait confectionné des petits pains, qu'il avait offerts à ses meilleurs clients. Les retours étaient excellents.

Il rangea les pains sur les présentoirs, derrière le comptoir. D'habitude, son travail s'arrêtait là. Il s'était levé avant l'aube et la fatigue commençait à se faire sentir. Depuis quelques jours, il faisait les premières ventes, laissant Madeleine se reposer, sachant proche le jour de la délivrance.

Trois journaliers embauchés depuis le début des vendanges passèrent la porte. Plus ou moins nourris et logés, ils amélioraient leur léger ordinaire en s'achetant une marque chez Paul Raymond. Le plus grand s'avança et, avec un accent chantant, dit :

— Alors, ce *pitchoun*[1], pas encore à gagner sa *biasse*[2] ?

— Ça ne va pas tarder, dit la voisine Cunégonde en rentrant.

— Elle est aussi grosse que la lune pleine de cette nuit. En attendant qu'il le gagne son pain, réglons-le à son père. Montre mon bâton Raymond.

Chacun régla son dû.

Paul était un grand gaillard d'un mètre quatre-vingt-dix ; il pesait cent kilos et pétrissait à la main en une seule fois son poids de pâte.

Mais ce n'était pas que pour cela qu'on le respectait. Son revirement d'une vie de patachon en une vie d'artisan boulanger chargé de famille l'avait définitivement classé dans le haut du panier ; bien sûr, son mariage avec la plus belle fille du village avait fait des envieux, comme ce petit cousin qui venait de franchir la porte.

— Je viens prendre une marque, dit-il.

Raymond en saisit une, la posa sur le comptoir, mais garda sa grosse main dessus en lui disant :

---
[1] Petit enfant.
[2] Nourriture, souvent à emporter.

— Faut me régler aujourd'hui
Le cousin fit une mine surprise.
— Montre mon bâton ?
Paul tira le bâton de dessous le comptoir et le lui tendit.
L'autre l'attrapa vivement. Il ne prit pas la peine de compter les marques, le cassa en deux, le jeta à terre et, avec un sourire frondeur, lui dit :
— Voilà, je ne te dois plus rien.
Et il déguerpit le plus vite possible, en n'oubliant pas toutefois d'emporter le pain.
Paul avait pressenti l'embrouille. Il eut vite fait de passer derrière le comptoir et, sortant dans la rue, le rattrapa, le saisit par le col de chemise, le souleva de terre et le souffleta par deux fois en lui disant :
— Tu veux *m'escaner.* [1] Je te rends la monnaie !
Puis il le lâcha en le bousculant rudement dans le fossé, et tranquillement s'en revint vers son échoppe.
Madeleine venait de descendre en se tenant les reins. Sa longue silhouette alourdie par sa maternité, presque à terme n'enlevait rien à sa grâce féminine naturelle. Qu'elle est belle ! pensa-t-il.
Il lui sourit et lui dit :
— Je vais me coucher.
— Bien sûr Paul, je peux encore servir les clients.
Madeleine n'avait ni assisté ni entendu la dispute. Les clients se suivaient, payant leur dû. Elle avait bien

---

[1] Voler.

perçu une légère tension et mettait ça sur le compte du petiot qui lui tirait le ventre.

Elle aperçut les deux morceaux de bâton par terre, trouva étrange qu'ils se trouvent là. Les clients reprenaient toujours leur bâton. La plupart l'utilisaient en manche d'outil ou le jetaient dans leur cheminée.

Elle en était là de son étonnement, quand le garde champêtre rentra suivi de deux gendarmes.

Celui qui semblait être le chef, bousculant les clients, vint se placer devant le comptoir et d'une voix de stentor, postillonnant sur le visage de la belle boulangère lui dit :

— Où il est le boulanger ?

Madeleine sentit un craquement dans son dos.

— Il est allé se coucher. Dit-elle d'une voix presque éteinte.

Le deuxième gendarme, alerté par la blancheur du visage de la boulangère se pressa d'ajouter.

— Il a *estourbi* [1] un de ses clients !

Un liquide visqueux glissa entre les jambes de Madeleine, un voile gris obstrua sa vue et elle s'écroula derrière le comptoir.

Cunégonde, qui de sa fenêtre, juste en face, avait assisté à toute l'histoire, arriva en trombe dans la boulangerie en criant et gesticulant.

---

[1] Ensuquer.

— *Bougre de couillons*[1], bien les hommes ça, poussez-vous, vous ne comprenez pas qu'elle est en pleine délivrance...

Madeleine accoucha dans la boulangerie. Le petit glissa sur le tablier que la voisine s'était empressée de décrocher en partant de chez elle.

On prénomma le nouveau-né, Étienne. Deux jours après, il était orphelin de mère comme ses aînés.

Le client peu scrupuleux s'en tira avec deux yeux au beurre noir.

Non seulement il dut retirer sa plainte, mais sa famille horrifiée par son comportement, régla le bâton et bannit le malotru.

---

[1] Idiot.

Marie et Isabelle Raymond.

Dans le petit cimetière, le soleil de ce matin de septembre dardait ses rayons cuisants. Marie pourtant couverte plus qu'il ne fallait de vêtements noirs d'endeuillée, frissonnait. Elle tenait la main d'Isabelle, sa jeune sœur qui paraissait encore plus fluette et pâle qu'à l'accoutumée. Toutes deux lançaient des regards interrogateurs et tristes sur leur mère-grand. Cette dernière, petit tas noir informe, sanglotait doucement dans un énorme mouchoir blanc.

Depuis le drame, trois jours avant, les deux fillettes n'avaient revu ni leur père, ni leur frère Jean. Elles avaient juste entraperçu leur nouveau petit frère qu'une voisine avait pris en nourrice et vite emporté. Miette était venue s'occuper de ses petites filles et à mot couvert, sans trop s'étendre leur avait dit.

— Votre maman est au ciel. Vous avez un petit frère.

Choquées, elles n'avaient pas posé de question. Le soir, blotties dans leur lit commun, Marie avait donné cette explication en entourant sa jeune sœur de son bras.

— Maman, nous ne la verrons plus, nous sommes orphelines comme nos cousines germaines Rose et Violette.

La petite fille s'exclama horrifiée :

— Non ! Il y a papa, nos cousines elles n'ont plus de parents ! Mais pourquoi ? Qu'est-ce que nous avons fait ? Je veux voir maman !

Resserrant son étreinte Marie posa sa joue contre celle de sa sœur.

— Nous, on n'a rien fait.

Les yeux d'Isabelle remplis de larmes brillèrent d'une étrange lueur.

— Et le bébé ?

— Lui non plus, ce n'est pas sa faute, c'est la vie.

Marie essaya de la consoler.

En son for intérieur, elle était très en colère. Elle était l'aînée, elle avait douze ans et avait déjà entendu des drames identiques de mère mourant en couches.

Jusqu'à ce jour, les enfants Raymond avaient été épargnés des duretés de la vie. Leur père, boulanger, avait pignon sur rue, leur mère et leur grand-maman s'occupaient de leur procurer plus que le nécessaire.

Leurs cousines Rose et Violette surnommées les deux orphelines avaient un sort peu enviable. Leur mère, déjà fragile, avait perdu complètement la raison à l'annonce de la mort de son mari. Ce dernier, ouvrier dans les fameuses carrières de Fontvieille avait péri, écrasé par un bloc mal arrimé. Après un bref séjour dans un horrible hospice d'aliénés, la mère avait succombé.

Les autres membres de la famille ne pouvaient pas se charger des enfants. On plaça les deux petites infortunées à l'orphelinat. Parfois, le dimanche, les Raymond les invitaient à partager le repas dominical. Marie avait l'image de ces deux fillettes silencieuses, vêtues d'habits sombres qui dégageaient une odeur fétide. S'en confiant un jour à sa mère, cette dernière l'avait priée, non seulement de ne pas en faire allusion devant les pauvrettes, mais, de redoubler de gentillesse auprès de ses cousines Rose et Violette qui n'avaient pas la chance d'avoir des parents.

À cette évocation, Marie s'était cachée sous les draps pour pleurer.

Et là, dans ce cimetière, elle avait envie de supplier sa mère-grand de ne pas les envoyer à l'orphelinat.

Miette sortit ses yeux rouges de son mouchoir et les posa sur ses petites filles. Leur détresse lui fouetta le sang.

— On va s'en sortir *pitcho*[1] *tes* ! Allons trouver votre père.

Paul était au fournil. Il ne se retourna même pas quand Miette, Marie et Isabelle rentrèrent.

Il enfourna son pain consciencieusement, ferma la porte du four et dit en époussetant bruyamment les paniers en osier de levée vides.

---

[1] Petites filles

— Je m'occupe du pain, je ne retourne plus à la vente.

Miette poussa doucement ses petites vers le magasin.

Ce n'était plus qu'une question d'organisation.

Le travail chasse la peine.

Miette

Miette était ce qu'on appellerait une femme de tête et, chose peu usuelle, de cœur. Ainsi, ce drame l'avait bouleversée. Depuis que Paul, son fils unique, s'était marié avec la jolie Madeleine, tout s'était mis en place. Son galopin de garçon, après une jeunesse dorée où il avait dépensé au poker plus que de raison, était devenu un très bon boulanger, très bon époux et bon père. Elle avait apprécié sa belle fille qui l'avait laissée s'occuper des enfants, pendant qu'elle tenait la boulangerie.

Miette, veuve à vingt ans, avait su se relever les manches et surtout, trouver le moyen de bien gagner sa vie et celle de son petit Paul. Son mari, propriétaire d'une grosse charrette attelée de deux solides percherons, transportait toutes sortes de denrées alimentaires selon la demande. Il n'hésitait pas à partir jusqu'à Marseille, si le chargement valait le déplacement.

Homme affable, connu pour son sérieux, il ne s'en laissait pas conter. Quand il revenait de ses périples, il ramenait souvent des nouveautés qui enchantaient Miette. Ainsi peu avant son accident qui lui avait coûté la vie, il avait ramené deux petits sachets en jute bien rebondis. Du premier, il avait sorti des graines verdâtres, ovales, fendues, grosses comme des haricots blancs secs.

De l'autre, dans un papier gris, une poudre foncée qui, à peine coulée dans le creux de sa main, dégageait une odeur inconnue, mais incroyablement suave.

D'un ton enjoué, le regard pétillant, il avait expliqué à Miette :

— C'est l'or de demain, ça vient de loin, café, ça s'appelle café.

Miette n'avait eu de cesse de poser des questions sur le fameux café. Tranquillement, il en avait préparé une tasse avec la poudre, comme les dockers du port de Marseille le lui avaient montré, en ajoutant un grain de sucre. Bien sûr, elle fut déçue, trouva le breuvage très amer, très noir, mais il rajouta :

— Ça donne de la force, ils ne peuvent plus s'en passer sur le port.

Miette, septique, lui dit :

— Au moins, ça sent bon

Peu de temps après, elle était veuve.

Cette soirée lui revint en mémoire en remettant la main sur les petits sacs de jute.

Elle investit l'argent du ménage et, à l'automne, ouvrit sur la place du marché, une minuscule échoppe où elle servait le fameux café.

Ce sont les ouvriers agricoles qui vinrent les premiers. Certains en raison de leurs nombreux déplacements pour se faire embaucher, traversant même parfois la France, avaient déjà expérimenté cette boisson.

Très vite, l'affaire prit de l'ampleur. Miette chauffait, sur un brasero à charbon, une énorme cafetière qui filtrait au goutte à goutte l'odorant breuvage. Puis précautionneusement, elle le servait tout chaud dans de minuscules tasses en porcelaine blanche. Ensuite, elle posait les récipients sur des soucoupes assorties. Miette remplissait très vite de piécettes ses deux grandes poches qu'elle avait cousues sur le tablier bien attaché sur ses hanches généreuses. Quand, elle posait ses mains au-dessus de son magot, voyant le risque de débordement, elle fermait l'échoppe en disant :

— Le trop tue le mieux, il en reste pour demain.

Surtout, elle avait expérimenté que le fameux café, une fois passé dans le percolateur ne se réchauffait pas au risque de devenir imbuvable. Dès que les ouvriers agricoles saisonniers disparaissaient, elle éteignait le brasero.

— On ne gâche rien et on respecte le client ! disait-elle du haut de son mètre cinquante.

Elle œuvra quelques années. Puis d'autres, voyant la bonne affaire, s'installèrent dans des échoppes, plus grandes, mieux organisées qui s'appelèrent vite café.

Miette ne s'en offusqua guère, déjà, elle était passée à l'immobilier. Elle avait acheté des maisons et les louait. Son fils venait de réussir son brevet supérieur, il avait hérité de la stature de son père et en imposait aux locataires. Elle lui donna la gestion des biens. Oisif le reste du temps, il se mit à fréquenter les soirées mondaines. Se montrant bon danseur, il fut surnommé « gambasses » tellement il les agitait. Très vite repéré pour sa prodigalité, il fut invité aux tables de jeu et s'embourba.

Miette, mise au courant, épongea les énormes dettes de son fils qui allèrent jusqu'à la vente de biens. Elle lui enleva la gestion des locations restantes.

La rencontre de Madeleine remit le bon sens de Paul en place.

Le boulanger et ses filles

Marie avait quatorze ans, Isabelle douze. Elles avaient arrêté l'école. Le père trouvant que leur éducation scolaire suffisait puisqu'elles savaient lire, écrire et compter et que, leur mère et leur mère-grand leur avaient enseigné la couture et le tricot. De plus, il en avait besoin. Avec leur mère-grand, à toutes les trois, elles assuraient la vente, la tenue du foyer, sans oublier le petit Étienne qui allait sur ses deux ans. Les deux sœurs se soutenaient. Marie prenait le travail d'Isabelle plus que d'habitude, lui laissant la charge d'Étienne. Souvent, l'aînée s'opposait à son père qui, après le drame s'était ombragé et exigeait de ses filles plus que de raison. Ainsi, ce matin-là, il dépassa les limites.

Quand un boulanger voulait tester la chaleur de son four, avant d'y glisser le pain, il envoyait un peu de pâte à pain abaissée par le plat de la main dans le four. Ce testeur était mangé par la famille. Paul, toujours à la recherche de profit, eu l'idée d'y mélanger un peu d'huile d'olive et de façonner cette pâte plus régulièrement. Le premier essai brûla. Il recommença, mit moins d'huile et fit des entailles sur le dessus, comme il le faisait sur ses miches de pain. Ainsi il permettait au levain de continuer à travailler et à prendre toute sa place. Il lui fallut plusieurs essais avant de réussir la fameuse *fougasse à l'huile*.

Seulement ! Une fois sorties, il fallait étaler les fougasses brûlantes sur un banc plus loin pour que Paul enfourne vite sans perte de chaleur les miches de pain.

Le père confia cette tâche à Isabelle. L'enfant saisissant la première fougasse à mains nues, hurla et sous la douleur des brûlures lâcha la fougasse. Marie qui était au magasin accourut. Prenant les mains cloquées que lui tendait sa jeune sœur, elle l'emmena dans la cour pour les plonger dans un seau d'eau fraîche, Miette sur leurs talons.

Marie laissa aux bons soins de Miette la petite qui gémissait. Comme une furie, elle fit irruption dans le fournil. Le père imperturbable finissait d'enfourner. Elle tapa sans ménagement sur l'épaule de son père.

— T'as vu ses mains toutes *estramassées*, [1] pourquoi ? dit-elle la voix coléreuse.

Paul ne se retourna même pas et, ronchonna, mais assez fort pour que son aînée entende.

— Elle en verra d'autres. Et puis ça lui donne un aperçu de l'enfer.

Choquée, elle eut quand même la force de lui jeter des sanglots plein la voix.

— Tu crois qu'il n'y a que toi à qui elle manque ?

L'homme se retourna et son visage grimaçant terrifia Marie qui s'enfuit rejoindre sa sœur.

---

[1] Blessées.

À partir de ce jour, Marie surveilla encore plus les agissements de son père et lui *retira la parole*.[1]

Elle se débrouillait pour l'éviter et ne rien avoir à lui demander.

Miette ne tenta même pas de les rapprocher, ayant trop bien compris leur douleur respective. Elle faisait pour le mieux.

Et le temps passa, rythmé par la vente à la boulangerie, les corvées ménagères...

Remonter l'eau du puits, laver le linge au lavoir, rentrer le petit bois pour le four, vendre le pain, livrer les fougasses devenues la gourmandise des bourgeois, préparer *le fricot*[2], et bien d'autres tâches !

Toutes ces besognes ingrates, les deux sœurs se les partageaient.

Miette, petit à petit, ayant décidé qu'elles étaient assez grandes et elle, fatiguée, vint de moins en moins.

Le décès du petit Étienne âgé de quatre ans d'une mauvaise grippe l'avait définitivement mise sur la touche. De loin en loin, elle continuait tout de même à voir ses petites filles. Elle leur donnait des nouvelles de leur frère Jean que de vagues cousins sans enfants avaient recueilli dans la banlieue de Lyon.

---

[1] Ne plus parler à la personne, mais en Provence ça ne dure pas trop.
[2] Préparation culinaire.

Marie et Louis

Les seules distractions qu'accordait le boulanger à ses filles étaient d'ordre religieux. Ainsi les deux sœurs faisaient partie des *enfants de Marie* [1] et ne rataient aucun office.

Marie, avec sa belle voix, chantait à la messe du dimanche dans les coursives de l'église. Du haut, elle voyait la plus grande partie des gens du village quand ils revenaient de la communion. C'est ainsi qu'elle remarqua Louis.

Avant d'avoir poussé la moindre investigation sur ce beau jeune homme blond, elle décida que ce serait lui et pas un autre. Elle ne s'en confia qu'à Isabelle.

— C'est Louis Séguin, lui dit-elle. Tu le connais, ses sœurs venaient au catéchisme avec nous.

— Ah oui ! c'est le frère de Lisa. Mais on le voit rarement à la messe !

— Pour sûr, il n'a pas beaucoup de temps ! Les parents sont morts et ce sont les aînés Séguin et Seguine qui s'occupent de tout. Les plus jeunes prennent tous les petits boulots qu'ils trouvent pour gagner quatre sous : les olivades, la taille de la vigne, le ramassage des fruits. Tiens, la plus jeune, elle s'appelle comme toi, Marie ! Et bien, elle ramasse, prépare et vend les *cacalousons*[2] en sauce. Pas cher,

---

[1] Jeunes filles qui faisaient partie d'un patronage.
[2] Petits escargots.

un sou la louche. Ils sont tous courageux dans cette famille.

— Tu en sais des choses, toi ! En fait, ils sont un peu comme nous.

Isabelle haussa les épaules.

— Un peu. Nous, tout de même, le père a sa boulangerie et on ne fait que l'aider.

— Et tout le reste ! rajouta sa sœur en secouant la tête.

— Mais on n'a pas à ramasser les cacalousons !

— Ben moi, je préférerais aller dans les champs que de rester enfermée dans cette échoppe, même si ça sent bon ! répondit la jolie Marie en rêvant.

— Et puis, je les aime les cacalousons !

Isabelle sourit à sa grande sœur. Elle était certaine qu'après la prochaine pluie, il y aurait sur la table du repas, un bon ravier de cacalousons de Marie Séguin.

Il y eut la fête votive. Miette invita ses petites filles à venir voir une curiosité : La lanterne magique.

Pour cette animation, après les vêpres, les deux sœurs avaient obtenu l'autorisation du père. Mais à la sortie de l'office religieux, Marie avait prévu autre chose…

Elle avait prévenu Isabelle qu'elle allait s'éclipser pour parler à Marie Séguin qui vendait ses cacalousons derrière l'église.

— Je ne serai pas longue et de retour pour la lanterne magique.

Et bien, elle ne fut pas au rendez-vous. Isabelle, couvrant son absence, dit à sa mère–grand :
— Elle avait mal au ventre, elle est rentrée.
Miette jeta un regard incrédule sur Isabelle. Elle soutenait la solidarité des deux sœurs, mais ne put s'empêcher de dire :
— C'est avec les Séguin qu'elle se soigne !
Et rajouta vite.
— On s'est vues.
— T'inquiètes, le père ne saura rien. Allons voir les obsèques de Victor Hugo dans la lanterne magique.
Paul n'eut pas vent de l'escapade. Pourtant, il surveillait ses filles d'autant plus, que deux prétendants étaient venus palabrer avec lui pour Marie.
— *Couillostre*[1], elle est bien jeune, et nous, on a encore besoin d'elle ! jeta Paul sans regarder le prétendant.
L'un d'eux, propriétaire, d'un petit domaine, lui avait proposé, s'il mariait Marie, de lui envoyer, à ses frais, un membre de son personnel pour la remplacer.
Paul avait vu rouge, mais, se contenant, il avait rétorqué froidement :
— Elle a 15 ans, et à vue d'œil, vous, au bas mot, le double. Personne ne peut remplacer mes filles. Et puis Marie, tout le monde parle de sa belle voix, mais,

---
[1]Idiot

moi je connais son caractère, c'en est une qui le choisira son époux !

Ce soir-là, il regarda un peu mieux son aînée. Elle était jolie avec sa taille mince et élancée, son visage fin et peut-être trop sérieux pour son âge, encadré de cheveux bien tirés en chignon lourd. Le visage de Madeleine vint brouiller son regard, mais à son habitude il refoula vite l'émotion qui risquait de le submerger.

Marie rejoignit sa sœur juste avant la boulangerie. À son air enjoué, Isabelle pressa sa sœur de lui raconter son escapade.

— Je l'ai vu, il m'a regardée. Il a des yeux noisette et des cheveux tous bouclés !

— Grand-maman t'a vue.

— Oui je sais, elle m'a fait un signe discret. Je parlais à Marie Seguin.

Isabelle prenant sa sœur par le bras lui dit sur le ton de la confidence.

— Elle ne dira rien au père.

— Tu crois qu'elle a compris ? S'inquiéta Marie.

— Je ne sais pas ce qu'elle a vu, mais je crois qu'elle comprend que tu as besoin d'air.

Les deux sœurs se regardèrent et éclatèrent de rire.

À partir de ce jour, Marie fit défaut aux vêpres, couverte par sa sœur et Miette. Cette dernière passait toujours surveiller les jeunes gens. Elle se faisait bien voir. Il ne fallait pas salir la réputation de sa belle petite. De toute façon, d'autres jeunes venaient graviter autour du stand des cacalousons.

Marie et Louis se rapprochaient de plus en plus très pudiquement, mais tout de même. Ils se dévoraient des yeux.

Miette décéda un matin de septembre et, les deux sœurs se sentirent une seconde fois orphelines.

Louis

Louis venait d'une famille nombreuse et plutôt pauvre. Quatre filles, deux garçons. Il est vrai qu'avec ses boucles blondes, ses yeux noisette au regard intelligent et sérieux, il avait de quoi séduire.

Louis possédait une barque à fond plat et, godillait sur les marais aux alentours de l'abbaye de Montmajour pour couper les roseaux sauvages qui servaient, selon la qualité de fourrage, de litière pour les chevaux et, pour les plus fournis et réguliers de chaume recouvrant les cabanons de Camargue.

Il était si dur à la tâche, que, parfois, il restait dormir dans sa barque se nourrissant de menu fretin pêché au simple hameçon, d'un croûton de pain frotté d'ail et d'une poignée d'olives. Ce menu frugal était souvent l'ordinaire du peuple provençal. Selon la saison, et la bonne fortune venaient s'ajouter une tomate, quelques figues, une poignée d'amandes.

Louis devait partir faire son service militaire. Le numéro un, qu'il avait tiré au sort, le contraignait à cinq ans de service sous les drapeaux (s'il avait été fils de bonne famille, il aurait pu payer quelqu'un pour le faire à sa place) il n'eut d'autre choix que d'accepter son sort. Il traversa la France pour rejoindre sa garnison dans les Vosges.

Au bout de 6 mois, Louis vint en permission et osa faire sa demande officielle.

Le père fit servir deux verres de *blanche*[1] par ses filles, et, les renvoya à leurs tâches. Elles restèrent collées derrière la porte, mais n'entendirent rien. Ces deux taiseux se jaugèrent puis le père prit son verre, fit un signe de tête à Louis, but d'un trait. Le jeune le suivit. Le père tendit son énorme pogne de boulanger à son futur gendre, qui la saisit. La poignée fut courte, mais intense, leurs yeux brillaient. Paul clôtura :

— Tu finis ton service, en attendant elle reste chez moi.

Voilà, c'était accepté.

Bien sûr, le père avait pris des renseignements sur l'honnêteté de Louis. Le résultat était intéressant. La famille n'avait pas de bien, mais ils étaient tous en bonne santé et jugés bons travailleurs. De plus, cette famille nombreuse se soutenait.

Paul savait que sa mère, Miette, avait depuis longtemps cautionné cette union.

---

[1] Alcool de vin.

L'envol

Un soir, les deux sœurs triaient les lentilles devant la cheminée, le père, les entendant discuter, resta derrière la porte de la salle à manger pour les écouter.
— Quand Louis reviendra, je partirai avec lui.
— Tu me laisseras ici ? La questionna Isabelle.
— Je ne serai pas loin et même si on a la place, tu viendras chez nous. On trouvera *un mazet* [1] avec Louis.
Elle n'eut pas le temps de finir sa phrase que le père surgit, rouge de colère.
— Et avec quoi vous le louerez ce mazet ?
Marie surprise eut quand même le culot de rétorquer.
— Ma dot !
— Rien, tu n'auras rien !
— Mais grand-maman ? osa Isabelle.
— Rien ! Vous n'aurez rien, cria-t-il.
Et il quitta la pièce en claquant la porte. Laissant les deux sœurs en colère, mais encore plus soudées.
Marie ne se laissa pas démonter. Le soir même, au souper, tout en servant le potage de légumes à son père et sans le regarder, elle lui dit d'une voix assurée.
— Tu peux bien les garder tes sous, je vais rester ici comme tu l'as dit à Louis. Quand il rentrera, je partirai avec lui, que tu le veuilles ou non. Comme

---
[1] Petite maison avec un peu de terre.

nous aurons besoin d'argent, sans prendre sur mon temps de travail, je vais faire comme les Seguin, des petits boulots.

Paul, loin de la contrer, tranquillement lui répondit :

— Et bien, essaie au château d'Estoublon, ils cherchent des femmes pour les olivades. Y en a encore pour trois jours, tu verras si tu ne regretteras pas la chaleur du fournil ! On se débrouillera avec Isabelle. Hein, petite ?

Cette dernière la bouche ouverte d'étonnement ne put qu'acquiescer.

Le lendemain à l'aube, Marie prit le chemin *des Baux* en direction du château.

Elle qui n'avait jamais travaillé dans les champs, découvrit un autre monde.

Le premier soir, quand elle revint, les mains douloureuses, son père crut qu'elle allait y renoncer. Mais le lendemain, après ses corvées coutumières, Marie repartit à pied vers le château où on avait accepté ses horaires fantasques. La cueillette devait se faire avant les grosses pluies d'hiver et toutes les petites mains étaient les bienvenues.

Ce qui séduit le plus Marie, ce fut l'ambiance presque festive qui régnait autour des oliviers.

C'était la première fois qu'elle travaillait dehors, entourée de femmes, souvent mères de famille. Malgré le froid des vents qui gerçaient leurs mains déjà tailladées par la dureté des feuilles d'oliviers, elles chantaient, riaient, plaisantaient.

Au moment de la pause, Marie sortit une fougasse que la plupart reconnaissaient sans pouvoir s'en acheter. Marie la rompit et la distribua.

Voyant ses mains blessées, chacune alla de sa recette réparatrice : Huile d'olive et vinaigre de vin, eau battue avec cet ensemble, huile d'amande pure, trempage des mains dans une décoction de romarin plus huile, glycérine alcoolisée, etc.

Ce soir-là, Isabelle, passa délicatement de la glycérine sur les mains de sa sœur, puis les emmaillota avec des bandes de charpie.

Le lendemain, Marie partit aux *olivades*[1] avec ses bandages et courageusement travailla. Parfois, la douleur lui sortait les larmes des yeux. Les femmes s'encourageaient en chantant et Marie, reconnue comme soliste pendant les offices religieux, enrichit son répertoire de chansons issues de la variété française, du folklore provençal et même de chansons paillardes de cabaret.

Le dernier soir des olivades, elle reçut sa première paie. Très fière, elle sourit au régisseur. Il leva son regard sur elle et lui dit.

— Tu es *la promise*[2] de Louis Séguin, vous êtes assortis, autant travailleur l'un que l'autre. J'ai besoin

---

[1] Ramassage des olives
[2] Fiancée

d'une cuisinière pour les tailleurs de sarments. Le mois prochain, si ça t'intéresse tu me donnes ta réponse la semaine prochaine. Tu pourras aussi dormir ici. On verra ça.

Ce soir-là, Marie, couchée dans le grand lit à côté de sa sœur à qui elle n'avait rien dit, tournait cette proposition dans sa tête :

De combien serait la paie, combien d'ouvriers à nourrir, que leur préparer et, le père serait-il d'accord et Louis, qu'en penserait-il ?

Le lendemain, au repas, Marie servit une *gardianne de taureau avec une bohémienne*[1]. Le père e'n reprit deux fois puis ronchonna.

— Elle est bonne ta *biasse*, tu vas faire l'affaire au mas du château. Les ouvriers vont se régaler !

Les deux sœurs se regardèrent, interloquées. Il rajouta :

— Isabelle a montré ses qualités quand tu étais aux olives. Tu viendras toujours dormir avec ta sœur.

Isabelle s'écroula en pleurs dans les bras de Marie. Entre deux sanglots, elle hoqueta.

— Alors tu nous aimes un peu ?

Le père, un pâle sourire aux lèvres, quitta la table. Louis revint plusieurs fois en permission. Le jeune homme, plutôt mince et effacé, devenait un homme au regard assuré et aux épaules carrées. Lors d'une de ses permissions, Louis offrit à Marie un beau et

---

[1] Daube de taureaux et ratatouille

grand livre qui venait d'Épinal. Sur la couverture rouge en lettres d'or Marie lut « Les fables de JEAN DE LA FONTAINE ».

La famille se réunissait le soir, au coin de la cheminée pour les lire. Marie croyait entendre dans ces fables des messages de son promis.

La veillée

Paul succomba d'une crise cardiaque en 1892.
Isabelle le retrouva avachi devant son pétrin.
Il avait fait une fournée entière et des miches incroyablement rebondies reposaient sur leur établi.
Marie, appelée en urgence, aida sa sœur à préparer le corps pour la veillée funéraire.
Dépêcha ensuite un télégramme à son frère Jean, fils unique de Paul.
Plusieurs cousins et voisins se succédèrent dans la chambre mortuaire et à l'accoutumée chacun allait de son souvenir anecdotique du défunt.
Les deux nuits passées à veiller Paul, leur firent découvrir leur père sous un nouveau jour.
Leur mère-grand n'avait jamais fait allusion à la jeunesse tumultueuse de son fils, ni aux causes du décès de leur mère.
Bien sûr, elles avaient compris que leur père avait changé à cause du chagrin et elles l'avaient mis sur ce compte.
Il y avait là le cousin Batistou, et sa femme Fine, venus avec la charrette de Salin de Giraud.
— Vaï ! C'était un bel homme le Raymond !
— *Et un noceur !*[1]
— Et un bon danseur.

---
[1] fêtard

— Avec ça, un caractère enjoué !
— Toujours à trouver le bon mot.

Les deux sœurs qui arrivaient avec des victuailles plein les bras faillirent tout lâcher.

Vraiment, c'était leur père que les cousins évoquaient dans ces termes ?

La vieille Cunégonde, toujours aussi vive malgré ses 80 ans, comprit l'étonnement des deux orphelines.

Elle se porta devant les jeunes filles, saisit une énorme miche qu'Isabelle tenait étroitement contre son giron, puis, se tournant avec un sourire mi-figue mi-raisin, rétorqua aux cousins.

— Ça fait combien de temps que vous ne l'aviez plus vu votre cousin ?

Les deux sœurs posèrent en silence les pâtés, le fromage de chèvre et deux bouteilles de vin rouge sur la desserte.

— Oh ! laisse-moi réfléchir. Tu t'en souviens, Fine ?
— Il me semble que c'était pour la naissance de l'aînée. Il était si fier !

Et, levant la paume de sa main avec force gestes, continua.

— Il l'avait posée, au grand dam de la mère, dans sa grande main de boulanger.
— Ah ! je me souviens, dit Baptiste, un grand sourire aux lèvres. Il l'avait dit en français.
— C'est qu'il avait de l'instruction le Raymond !

— Pardi, son brevet de fin d'études.

N'y tenant plus de ces bavardages, Marie qui avait servi plusieurs verres de vin rouge en tendit un à son cousin qui le saisit et en but une lampée.

— Et, ce n'est pas de la piquette ! dit-il en se pourléchant les babines.

— Et qu'est-ce qu'il a dit ? interrogea Cunégonde.

— Il a dit : Je suis le seul qui a la chance de te tenir dans ma main. Ah ! Il t'aimait ton père.

— Le mariage, ses petits, sa boulangerie l'ont bien sorti des jeux de cartes.

— Et surtout de ce que notre Tante Miette a perdu comme bon argent ; il est devenu un homme respectable.

Cunégonde, véritable mémoire du pays, mais femme de cœur, poussée à bout rétorqua :

— C'est égal, elles sont orphelines. On ne dit pas de mal des morts.

Marie lui fit un pâle sourire et, ravalant son émotion, proposa.

— Voulez-vous des tartines de pâtés, c'est la dernière fournée de notre père ?

— Pour sûr, un pain aussi bien travaillé.

Se tournant vers sa jeune sœur, Marie lui tendit le tranchet. Isabelle s'approcha du pain et le posant bien à plat sur une planche à découper, entama la croûte dorée. Un souffle sorti de la miche avec un léger sifflement et un ange passa.

La petite assemblée n'eut pas le temps de s'émouvoir. Cunégonde, un bon sourire aux lèvres, prit les mains des petites.

— Ce n'est pas le Saint-Esprit, *vaï* ! C'est seulement l'âme du boulanger.

— Votre père vous dit adieu.

Jean

Jean Raymond put se libérer de ses obligations. Il arriva par la diligence de midi. Le voyage avait été long et pénible. Plus de vingt-quatre heures, avec quelques pauses. Il se rendit directement à la boulangerie.

Depuis que les cousins qui avaient joué le rôle de parents adoptifs étaient venus le chercher, il n'avait plus revu ses sœurs.

Les retrouvailles furent émouvantes. Il était parti à la mort de sa mère, il revenait à celle de son père.

Ils s'étaient quittés enfants, ils se retrouvaient adultes. Ils avaient eu des nouvelles de loin en loin. Une lettre succincte pour le jour de l'an de part et d'autre. Jean était un grand jeune homme élancé, au visage doux barré d'une moustache blonde et fine. Il était vêtu de vêtements à la mode dans les villes qui semblaient d'excellente qualité, car à peine défraîchis par le long voyage. Il avait fait livrer par la diligence plusieurs bagages, dont une grande malle en osier, que les deux sœurs intriguées n'avaient de cesse de lorgner.

Marie avait préparé un ragoût de mouton aux pommes de terre qui embaumait la maison.

Les revoyures passées, ils s'attablèrent. Marie à son habitude, voulut régler de suite les problèmes pratiques.

— Combien de temps peux-tu rester, il y a beaucoup de choses à voir ?

Jean, un bon regard sur sa grande sœur, lui répondit.

— Tu sais Marie, j'étais petit quand je suis parti, mais j'ai des souvenirs de ma vie avec vous.

Marie sentit un frisson la parcourir. Une larme surgit des yeux d'Isabelle. Il continua :

— Au début, j'étais très triste. Je pleurais tous les soirs. Vous me manquiez tant ! Les cousins ont été patients et très bons. Un soir, tante, c'est comme ça que j'ai fini par l'appeler, m'a proposé de lui raconter comment était la vie à la boulangerie. Au début, ça me faisait encore plus pleurer. Alors elle m'a raconté les bêtises qu'elle faisait avec ses frères, quand elle était enfant. Je commençais à moins pleurer. Puis un soir, elle est arrivée avec le livre des malheurs de Sophie. Qu'est-ce que ça m'a fait rire !

— Après, quand j'étais seul, je me souvenais de vous, de maman de son odeur de savonnette à l'huile d'amande douce.

— Ah oui ! le coupa Isabelle.

— C'étaient les représentants en froment qui lui en rapportaient de Marseille.

— Oui, rajouta Marie.

— Les représentants. Vous souvenez-vous des oranges pour Noël ? C'est le même qui nous en avait offert !

— Oui, bien sûr ! renchérit Marie.

— Monsieur Aubert, un petit avec des cheveux…

— Orange, comme les fruits qu'il nous offrait ! dirent ensemble les deux plus jeunes en se regardant, complices. Et à cette évocation, la fratrie éclata de rire.

Ainsi, la soirée se poursuivit tardivement dans une joyeuse atmosphère de retrouvailles, chacun évoquant les souvenirs qu'il avait gardés et même enfouis d'une enfance insouciante, brisée trop vite.

Le lendemain, Marie revint à la charge. Après avoir servi le café à son frère, elle se lança.

— Bon, il faut aller voir le notaire.

— Il y a mieux à faire, dit Jean en essuyant ses moustaches colorées de café.

— Mieux ? interrogea Isabelle qui venait de descendre de l'étage des chambres.

— Ben oui, je vois bien que vous lorgnez sur la grosse malle.

— Ce sont tes affaires, je suppose, on est curieuses, mais bien élevées. Lui répondit sur un ton pincé son aînée.

— Pour sûr, mes chères sœurs, mais il se trouve que cette malle, et surtout son contenu, sont pour vous.

Marie, plus agacée qu'étonnée, car elle n'aimait pas que les histoires d'argent traînent, chercha trop longtemps que répondre. Déjà, Isabelle, sautillant sur place, applaudissait des deux mains en criant :

— Pour nous, pour nous vraiment ?

Marie n'eut pas le cœur d'interrompre le plaisir d'Isabelle.

— Bon d'accord, mais à quel titre ?

— Ben ! dit enjoué son frère, vous êtes mes seules sœurs et, sans vous offenser...

Il resta en suspens.

— Ouvrez la malle, vous verrez bien.

Isabelle s'exécuta, toujours en criant.

— Pour nous, pour nous !

Le couvercle de la malle s'ouvrit sur un étalage de coupons de beaux tissus. Isabelle et Marie, les mains devant leurs bouches ouvertes n'avaient plus de mots.

— Je ne connaissais pas vos goûts, c'est tante qui m'a aidé à remplir la malle. Quant à la qualité, c'est mon domaine.

— J'ai pris le meilleur de toute façon, rajouta-t-il plus bas.

— Nous ne produisons que des très bons tissus.

Puis se tournant vers Marie, il rajouta.

— Ne t'inquiète pas Marie, pour le notaire, les choses ont été bien faites. Profitez de ce modeste cadeau, nous parlerons après. Le notaire ne nous recevra que dans une semaine.

Les héritiers

Le jour fatidique arriva. Les jeunes filles avaient revêtu les costumes de deuil d'arlésienne. Elles avaient, plusieurs soirées d'affilée, ajusté à leur taille, les vêtements sombres ayant appartenu à leur mère-grand.

Ce ne fut pas une mince affaire. Si la taille d'Isabelle correspondait à peu près à celle de Miette, ce n'était point le cas pour Marie. Elle avait au moins deux bonnes tailles à récupérer en hauteur et une en largeur. Ainsi, Jean découvrit, étonné, les trésors d'intelligence et d'ingéniosité de ses deux sœurs.

Il va sans dire que, ces soirées furent une très bonne occasion d'échanges et de fous rires.

Donc, les voilà chez le notaire.

Les héritiers furent introduits directement dans le bureau de l'étude du notaire : un grand bonhomme, une calotte noire posée sur la tête, l'air renfrogné, les accueillit.

Il tendit une main replète vers Jean qui la saisit et serra cette main à son goût un peu molle.

Puis l'homme de loi, fit signe aux jeunes filles sans les regarder, de prendre un siège, s'assit et plongea son visage dans un dossier ouvert devant lui.

Isabelle s'exécuta sans broncher. Marie resta debout.

Jean se racla la gorge. Le notaire leva des yeux étonnés.

— Bonjour monsieur, ou devrais-je dire maître, cria presque Marie.

Les deux plus jeunes riaient sous cape.

— Euh euh oui, bien sûr, bonjour, dit le notaire en replongeant dans les papiers.

— Bonjour qui ? insista Marie très sérieusement.

Abasourdi, l'homme se leva, fit tomber sa chaise et même son calot. Et, les trois héritiers découvrirent ses cheveux ; rouges !

— Il va nous donner des oranges ?

Rigola Isabelle, doucement, mais assez fort pour qu'on l'entende.

Le notaire, congestionné, releva sa chaise, se recoiffa, toussa dans un énorme mouchoir à carreaux qu'il tira promptement de sa poche et finit par dire

— Excusez-moi, mais ce dossier n'est pas banal, pas banal. Je veux dire, votre famille, non, je veux dire...

Plus il parlait, plus il s'empêtrait.

Jean se leva.

— Bon, dites-nous, ou plutôt dites à mes sœurs de quoi il retourne.

C'est ainsi que les deux sœurs apprirent qu'elles étaient seules héritières de leur père.

Leur mère-grand, en accord avec son fils et les cousins, quatre ans après le décès de sa bru, six mois après celui d'Étienne, avait pris des décisions, comme le disait si mal le notaire, peu banales.

Miette était montée à Lyon au début, pour voir son petit-fils.

Les cousins l'avaient très bien reçue. Elle avait pu constater la bonne santé et physique et morale de Jean. C'était la tante qui avait proposé une adoption. D'abord choquée, Miette avait accepté.

Par cet acte, Jean devenait l'héritier des filatures florissantes des cousins.

Pour ne pas léser ses petites filles, moins bien loties avec ce père acariâtre, elle proposa que Jean s'engage à refuser l'héritage de sa famille directe. Tout fut déposé chez un notaire, mais il fallait tout de même l'assentiment de Jean devenu adulte.

À sa majorité, le jeune homme conscient de sa bonne fortune et surtout heureux d'aider ses sœurs signa tous les documents nécessaires.

Les trois jeunes gens sortirent de l'office sonnés de tant de bonnes surprises.

— Nous allons vendre la boulangerie et enfin vivre, riait Isabelle.

— Oh, ma chère sœur, nous n'allons pas dilapider comme l'a fait notre père.

— Je ne sais pas jouer aux cartes et n'en ai pas envie, mais, j'aimerais bien apprendre à danser. Ça ne coûte rien.

Jean proposa d'acheter une bouteille de champagne. Marie qui pourtant n'en avait jamais goûté ne voulut pas se montrer en reste.

— Et je vais vous préparer du lapin avec de grosses pâtes.

— Ah bon, du lapin avec de grosses pattes ? s'étonna Jean. Je ne connais pas ce genre de lapin !

— Des lapins, il y en a plein la colline du côté du moulin de Daudet. Ils se gavent de thym, de romarin et de sarriette, lui répondit Marie distraitement.

— Et c'est ça qui leur donne de grosses pattes ?

Les deux sœurs se regardèrent, un peu perplexes. Puis, comprenant la confusion de son frère, Isabelle lui dit malicieusement en pointant le doigt vers le buffet.

— Regarde dedans, Jean, il y a tout un assortiment de pattes.

Jean, enferré dans sa vision de lapin à grosses pattes, croyant même faire une découverte de spécialités fontvieilloises, ouvrit la porte du meuble et découvrit, un peu déçu, bien sûr : des paquets de nouilles, de ganses, de vermicelles...

ET...

Jean repartit à ses affaires.

Marie et Isabelle louèrent une petite maison dans le village et la partagèrent.

Marie se maria avec son Louis.

Isabelle n'eut aucun mal à se marier avec un gentil garçon.

Et la vie continua avec son cortège de petits bonheurs et de drames.

La famille Seguin

La lavandière

Dans ce coin de Provence, le travail ne manquait pas.

Les deux *novies* [1] étaient reconnus pour être de bons travailleurs. Ils acceptaient tous les travaux, le plus souvent saisonniers. Tour à tour, vendangeurs, cueilleurs d'olives ou de fruits, Marie et Louis s'essayèrent à tout ce qui pouvait rapporter trois sous.

Marie tenta de produire des vers à soie, mais l'installation des claies d'élevage leur embarrassa vite leur logement exigu. Le bruit des vers dévorant les feuilles fraîches de mûrier incommodait toute la famille.

Elle devint aussi lavandière.

Les belles dames bourgeoises ne pouvaient pas toujours donner ce travail à leurs domestiques attitrées. D'ailleurs, ces dernières préféraient faire la cuisine ou le ménage plutôt que d'aller se refroidir à l'eau du lavoir. C'était tout de même à elles de préparer le linge à laver et trouver la lavandière. Ainsi, gare à elles, si elles n'avaient pas fait le bon choix !

---

[1] Jeunes mariés.

Le village bénéficiait d'un très beau lavoir. Celui-ci, implanté à côté de la source de la vieille font, un peu à l'extérieur du centre du village, nécessitait de posséder du matériel : une brouette, une caisse, un battoir, une planche à laver.

Marie avait tout hérité de sa grand-mère laissant celui de leur mère, à sa sœur.

Habitant près de la petite gare, pour s'y rendre, Marie empruntait le bas-côté du chemin de fer. Elle chargeait sur sa brouette tout son matériel, entassait le linge à laver dessus, le fameux morceau de savon de Marseille et, pousse, roule cahote, tant bien que mal jusqu'au lavoir.

Tous les potins du village étaient tapés, lavés, essorés avec le linge sale. Aucun membre de la communauté n'était épargné. Lieu dédié aux ménagères, elles s'en donnaient à cœur joie et ainsi oubliaient les douleurs de leurs dos courbés, de leurs mains gonflées et gelées.

On était au printemps. Dans la nuit, Marie avait été appelée au chevet d'une voisine qui venait de mettre au monde des *bessons.*[1]

Avec d'autres voisines, elles s'étaient relayées auprès de la mère et des nouveau-nés.

La jeune Eulalie s'en sortirait. Après avoir pu enfin nourrir ses petits, la jeune maman s'était endormie

---

[1] Jumeaux.

un poupon lové à chacune de ses épaules, une perle de lait au coin de leur bouche en cœur.

Un mouloun[1] de draps souillés de sang débordait d'une panière en osier. Les autres voisines s'étaient éclipsées très discrètement. Marie savait, comme toutes les femmes pubères, que le linge taché de sang devait être vite lavé à l'eau froide sous peine de le gâcher.

Le jour se levait sur une belle matinée ensoleillée.

L'évidence et la solidarité faisant force de loi, Marie, un grand châle noir croisé sur sa poitrine, la coiffe bien arrimée sur le haut de sa tête, poussait sa brouette de lavandière débordant de linges sanguinolents.

Le givre brillant et glissant rendait la progression difficile.

Marie s'accrochait et poussait obstinément. Soudain, la brouette s'immobilisa dans une ornière. Elle eut toutes les peines du monde à s'en sortir. Regardant le chemin qu'il lui restait à parcourir, elle conduisit son attelage plus près des rails.

Trempée de sueur, elle reprenait son souffle quand le sifflement strident d'un train la tétanisa. Elle ferma les yeux, n'entendit pas le bruit effrayant des freins raclant le métal, ni ne vit la gerbe de feu sortir

---

[1] Tas, souvent de linges.

des rails. Le train stoppa à un mètre de la lavandière. Le cheminot bondit en hurlant.

— Mais que faisiez-vous là ?

Marie ouvrit les yeux et lui répondit sereinement :

— Ce n'était pas mon heure brave homme.

Quand elle raconta sa péripétie au lavoir, devant les yeux horrifiés des autres lavandières, elle dit crânement.

— Il fallait bien le laver ce linge !

Inventer sa vie

Quand le temps le permettait, Louis continuait à ramasser les roseaux et à les vendre pour son compte. Il apprit qu'une petite entreprise se servant des canes de Provence pour fabriquer des *canisses* [1] venait de se monter sur le village et il proposa ses services. Très vite, sa production, et surtout la livraison, lui sembla d'un mauvais rapport. Une mauvaise fièvre qu'il contracta dans les marais mit fin à cette activité. Marie le soigna avec des herbes et de concert ils décidèrent de vendre la barque.

Un soir, Louis revint avec une cage dans laquelle s'agitait un furet et la suspendit au mûrier devant leur logis.

Le furet est un animal semi-domestique qui permettait au petit peuple ne possédant pas de fusils d'améliorer leur frugal ordinaire avec un lapin, voire même un lièvre. Le propriétaire de cet animal après avoir repéré le terrier ou le gîte du lapin lâchait le furet dedans. L'homme plaçait un sac qui fermait la sortie d'un tunnel, car pour corser la chasse il faut savoir que les terriers ont plusieurs galeries Après, tout était une affaire de chance et pour les chasseurs et pour le chassé. Ou le gibier se faisait piéger et estourbir à coup de bâton ou il s'enfuyait par un

---

[1] Claie de roseaux pour protéger du vent.

conduit secret. Quelquefois, c'est le furet qui recevait la volée. Parfois, même les deux animaux disparaissaient. D'où la comptine enfantine ; il court, il court, le furet ! Quant au lièvre qui ne creuse pas de terriers mais ce choisit chaque jour un gîte selon le temps qu'il devine, il était préférable de coupler le furet d'un bon chien de chasse, Mais certain des plus habiles braconniers arrivaient à surprendre le lièvre gîté et s'aidant de leur furet, d'un bâton et surtout de leurs jambes arrivaient à estourbir le lièvre rapide.

Louis plein d'optimisme dit :

— Si je ne gagne rien, au moins nous aurons des lapins et peut-être un lièvre à manger.

La chasse fut fructueuse, mais un arrêté tambouriné par le garde champêtre interdit l'usage du furet sous peine de poursuite. Le furet fut relâché dans la nature ce que ne regretta pas Marie vu l'odeur épouvantable de sauvagine que l'animal dégageait.

Louis s'engagea pour les vendanges, les moissons, les olivades et il sentit que sa place était là.

Le travail de la terre le remplissait de réconfort

Aux vendanges, l'émotion naissait des petits matins brumeux où les gouttes de rosée perlaient en chapelet aux liserés des feuilles de vigne, de la terre mouillée se réchauffant au premier rayon de soleil, du poids mouvant de la grappe de raisin au creux de sa main qui semblait palpiter comme un petit oiseau ou même du claquement du sécateur tranchant, mais prometteur d'une nouvelle récolte abondante.

Aux moissons, c'étaient les cris des alouettes jaillissant de la mer ondulante presque rosée des épis mûrs, du cagnard brûlant contrastant avec l'ombre salvatrice et du roulis des vagues d'épis s'écroulant dans le feutrage doux et pourtant métallique des lames de faux.

Chaque action rimant les saisons de la fenaison aux olivades en passant par les moissons les labours et tout ce florilège de gestes précis et séculaires dans un long processus d'apprentissage et de maturation, tout l'intéressait.

Plus encore il appréciait la compagnie de ce peuple besogneux d'hommes, de femmes et d'enfants de bonne volonté communiant dans cette course contre les éléments en s'interpellant, en chantant parfois, se jaugeant plaisamment, ou pas, mais pour la plupart avec une certaine conscience du travail bien fait.

Louis, qui avait éprouvé sa jeune vie dans les moments de solitude, mais de parfaite liberté, sur les marais, contrastant avec le long, bruyant, rigide espace-temps obligatoire du service militaire, avait cette lucidité et cette grande tendresse pour ses pairs spécifiques aux âmes fortes.

Il était apprécié aussi bien de ses acolytes que des patrons. Il parlait peu, agissait avec intelligence en prenant garde de ne froisser personne. Il écoutait et engrangeait presque goulûment, mais avec humilité tous les savoir-faire, les savoir-être que les anciens laissaient filtrer très parcimonieusement. D'ailleurs, ces passeurs de mémoire ne s'y trompaient pas. Ainsi certains lui apprirent à regarder le ciel et à interpréter, les nuages, la lune, les étoiles, à connaître la maturation des grains, des fruits et même à *taster*[1] le vin. Mais surtout tendre l'oreille aux bruits ténus et secrets de ce qu'il appela le chant de la terre.

    Il était à l'école de la vie, la véritable et l'essentielle.

    Il se tenait prêt pour le jour où il pourrait mettre ses savoirs en pratique. En attendant, il tenait le cap, développant sa conscience de la terre et des hommes.

---

[1] Goûter et évaluer le vin.

Drames et joies de la famille Seguin.

Marie et Louis perdirent deux enfants en bas âge. Bien que ce fût courant pour l'époque, Marie eut beaucoup de mal à s'en remettre.

Enfin, l'été 1898, ils devinrent les parents d'une très jolie petite fille prénommée Margueritte.

La troisième sœur de Louis, Lisa, avait fait un très bon mariage avec un monsieur Cartier, négociant en vin. Eux aussi étaient les heureux parents d'une autre Margueritte du même âge. Les deux enfants se ressemblaient : mêmes cheveux souples, blonds, bouclés, mêmes joues roses et rebondies, mêmes yeux clairs pétillants d'intelligence.

Lisa, généreusement, profitait de sa situation confortable pour vêtir les deux enfants, ce qui renforçait leur fausse gémellité.

Les deux familles réunies venaient de fêter joyeusement les trois ans des deux cousines quand le mal sortit encore du bois.

La diphtérie

Au début du siècle, une épidémie appelée la diphtérie décima une bonne partie des enfants : les enfants qui n'étaient plus *à la mamelle*[1], pour les plus chanceux, deux ans, jusqu'aux jeunes de quatorze ans.

Les deux petites Margueritte se suivirent au tombeau de quelques jours. Lisa sombra dans une profonde langueur. Marie vint la soigner et s'occuper de son ménage, cachant son chagrin derrière une colère à fleur de peau.

Un dimanche, le curé, ne sachant comment consoler ses ouailles, eut ce déplorable discours :

— Chers paroissiens, et surtout vous, les mères, réjouissez-vous, vos petits sont des anges au paradis.

On entendit un remue-ménage dans la coursive des choristes, puis une cavalcade dans ses escaliers et, Marie, s'avançant dans le cœur sans crier, d'une voix assez forte amplifiée par les voûtes de la petite église, lança :

— Et bien moi, je préférerais que ce soit un diable bien vivant !

Et là-dessus, elle quitta l'église d'un pas bien frappé.

Les paroissiens hochèrent la tête et certains hommes ou femmes quittèrent le lieu.

---

[1] Au sein, déjà sevrés.

De ce jour, Marie ne chanta plus à l'église. Elle continua à assister aux offices.

Elle se disait blanche en opposition à Louis qui se disait rouge comme la plupart des ouvriers agricoles et surtout des carriers. Il ne croyait pas en ce qu'il appelait des bondieuseries, mais il ne s'opposa jamais au baptême de ses enfants.

Quand Lisa apprit l'esclandre de sa belle-sœur, d'abord surprise, elle partit dans un grand fou rire et entre deux hoquets, elle dit les larmes aux yeux :

— Comme elle a raison, comme elle comprend la vie, je l'aime encore plus.

D'un caractère bien trempé, Lisa se sortit peu à peu de son état dépressif. Elle se mit à peindre de jolies aquarelles et à écrire de petits poèmes bien rythmés. Elle offrait gentiment ses œuvres pour les événements notables de la famille (naissance, communion, mariage et même décès). Elle ne fut plus maman, mais contribua grandement au bien-être de ses nombreux neveux et nièces.

La vaccination mit un terme à cette pandémie meurtriére.

Et la vie continua

En 1903, Marie mit au monde une blonde Isabelle, suivie de près par un gros garçon que l'on prénomma Jean. Printemps mille neuf cent huit, un autre enfant s'annonçait.

Ce jour-là, la sœur de Marie lui rendait visite.

Elles étaient toutes deux dans le salon à siroter une tasse de café quand Marie se leva précipitamment.

Elle eut le temps de saisir une cape de berger, de s'allonger dessus, de crier à sa sœur :

— Lave-toi les mains, vite.

La cadette s'exécuta prestement.

L'enfant arriva comme une fusée. Isabelle le reçut dans ses mains tremblantes et encore pleines de savon.

Elle resta au chevet de sa sœur deux jours, le troisième, Marie se leva et lui dit.

— Ça va aller, nous allons vivre tous les deux. Il nous doit bien ça celui d'en haut.

Voyant grandir sa famille, Louis décida de trouver un travail plus stable.

Marie et Louis s'engagèrent tous les deux dans un grand mas. Elle, pour la cuisine et lui, pour nettoyer les barriques de vin avant les vendanges. Ce travail était dangereux, mais très bien payé : les émanations se dégageant de la fermentation étaient toxiques.

Peu de saisonniers voulaient descendre au fond des cuves. Le patron, ravi de l'efficacité de Louis, le mit chef d'équipe aux vendanges.

Il en parla au comte du mas voisin de ses terres.

Le comte cherchait un régisseur. Il se rendit sur place et observa Louis. Ce dernier gérait les vendanges avec une efficacité et un calme remarquable.

Il alla le voir et lui proposa.

— Je te donne un salaire beaucoup plus important si tu acceptes de travailler pour moi.

Louis lui répondit sur un ton détaché.

— Je me suis déjà engagé, bonne journée monsieur le comte.

Cette réponse chargée d'honnêteté et de détermination plut au comte. Il la répéta au patron de Louis.

— Et bien monsieur le comte, il vous faudra attendre la fin de mes vendanges ou renoncer à Seguin.

Le comte attendit et ne le regretta jamais.

Le mazet

L'installation

La propriété comprenait, le château, le mas (terres, cheptels, bâtiments agricoles) et le mazet. Ce dernier, logis destiné au régisseur et à sa famille, était contigu à un bâtiment du mas servant de cuisine et de réfectoire. Ainsi la famille préparait et prenait les repas avec les ouvriers agricoles.

L'installation dans le mazet en bas de la grande allée de platanes du château était une véritable promotion pour les Seguin.

Mais avant d'y installer leur nombreuse famille, ils voulurent chauler l'extérieur comme l'intérieur. Ce travail assainissait des surfaces souvent souillées de déjections animales et d'insectes.

Marie avait confectionné de gros tampons en charpie recouverts de grosses toiles et emmanchés sur de longues perches de frêne.

Louis s'occupait de la chaux vive qu'il avait mise à reposer dans un large baquet en bois. Ce produit étant dangereux, Marie avait envoyé les enfants pour quelques jours chez leurs cousins.

Les deux époux recouverts de pied en cap de gros tabliers, le cou et la tête protégés par un foulard bien serré, les bras et les mains emmitouflés dans des bandages de charpie, plongeaient les gros tampons dans le bac de chaux et énergiquement barbouillaient les murs. Ils avaient commencé par l'intérieur : fenêtres et portes grandes ouvertes.

Le travail était épuisant, mais gratifiant. On aurait dit qu'à mesure que les murs blanchissaient, la maison devenait plus spacieuse.

Après avoir mangé de larges tranches de pain frottées d'ail et généreusement arrosées d'huile d'olive, le tout accompagné de figues fraîches, ils s'attaquèrent aux façades. Avant la nuit, tout était fini. La chaumière blanche toute pimpante tranchait dans le rouge du soleil couchant.

Marie et Louis, assis sur un banc de pierre, contemplaient, satisfaits, leur travail, quand le trot d'un cheval annonça l'arrivée d'un visiteur. Monsieur le comte descendit de sa monture et se dirigea l'air renfrogné vers les Seguin.

— Malheureux, pourquoi avez-vous blanchi la façade ?

Louis interloqué ne put répondre que déjà le comte rajouta.

— Il faut garder le cachet de cette vieille bâtisse, là, ça fait trop neuf.

L'étonnement que le comte lut sur le visage de son nouveau régisseur le fit sourire

— Ça part d'un bon sentiment, Louis. Il faut passer par-dessus, je ne sais pas moi, du fumier ?

Marie, qui était restée en retrait, osa :

— Monsieur le comte, sauf votre respect, moi je ne peux mettre des saletés dessus ! Mes petits...

La coupant dans son élan, son époux lui saisit le bras et lui lança un regard douloureux. Se tournant vers le comte, il lui dit.

— Monsieur le comte c'est vous le patron, nous ferons comme vous...

Il n'eut pas le temps de finir, Marie revenait à la charge.

— Et, la brou de noix, ça ferait foncé ?

Le comte s'avança.

— Marie, c'est vraiment une bonne alternative.

Se sentant comprise, elle osa.

— À l'intérieur aussi ?

— Vous avez une épouse précieuse, Louis.

Et se tournant en souriant vers Marie, il lui dit.

— Bien sûr que non, vous pouvez mettre même des couleurs, si ça vous agrée.

— Je vous attends au château, Louis, demain à six heures, bonne journée.

Il enfourcha son cheval, tourna bride et partit au petit trot.

Ainsi, la façade prit une teinte brunâtre et l'intérieur resta blanc.

Une place pour chaque chose

chaque chose à sa place.

Louis, régisseur, devait gérer le mas et les ouvriers agricoles. Ce qui n'était pas une mince affaire pour un domaine aussi diversifié et étendu.

Il devait veiller sur les céréales, les vignes, les oliviers, le verger, le potager, les moutons, les chèvres, les cochons, les chevaux, le rucher, plus l'entretien des bâtiments et des voitures attelées.

Il était surtout responsable de la gestion du personnel, de leur recrutement, de leur hébergement, de la distribution du travail, selon les compétences de chacun et, surtout, d'une certaine surveillance, afin que le travail soit fait en temps, en heure et en qualité.

Il y avait deux sortes d'ouvriers agricoles ; les journaliers et les saisonniers. Les premiers habitaient aux alentours et venaient embaucher le matin puis repartaient le soir, et à part le vin, venaient avec leur *biasse. Les* autres logés et nourris sur place restaient le temps de leur contrat.

Louis ne s'occupait pas de la vente des produits, mais le comte tenait à sa présence sur les foires et en présence des négociants. Pour Louis qui n'avait même pas son certificat d'études, la gageure était de taille, mais il aimait apprendre et avait pris à cœur cette fonction.

Sa famille était en place, le salaire était confortable, et surtout il avait trouvé dans sa femme plus qu'une épouse, une aide indispensable, avisée, clairvoyante et attentionnée.

Au fil des saisons, il fallait s'adapter aux caprices de la météo, aux fluctuations de l'offre et la demande et même au pouvoir politique. Il fallait faire au mieux.

Le Gel

Comme tous les soirs, Louis consultait son thermomètre et tiqua à la vue du degré de température qui dégringolait. Si l'instrument descendait en dessous de zéro, il devait agir vite. Là, il nota six.

Dans le ciel dégagé, la lune pleine semblait le narguer. Il décida d'attendre et sûrement de passer une nuit blanche. Il s'assit dans son fauteuil, et dépliant son journal, s'y plongea.

Une de ses nièces, Marie Antoinette, finissait de débarrasser la table. Âgée de quinze ans, elle se destinait au métier de cuisinière et sa tante Marie lui avait proposé de lui enseigner plusieurs de ses recettes. La jeune apprentie, non seulement se montrait joyeuse et avenante, mais très investie et appliquée. Comme elle voyait son oncle s'installer alors qu'il était déjà tard, elle l'interrogea.

— Oncle Louis, qu'est-ce qu'il se passe ?

— Le gel, petite ; je dois surveiller. Tiens, va me faire du café.

— Dans la cafetière ? Il ne sera pas bon, demain.

— Tu as raison, dit Marie qui venait d'entrer. Miette, ma mère-grand, n'aurait jamais toléré du café réchauffé ; je vais m'en charger, je reste avec mon Louis. On ne sera pas trop de deux pour tous les réveiller. Va te coucher, ta nuit risque d'être courte.

Et la nuit fut courte. À minuit, le thermomètre chuta.

Louis réveilla sa femme :

— Je sommeillais ! dit-elle en s'étirant, je m'occupe du Mazet, charge-toi des hommes du mas.

Et elle disparut.

Tous les habitants du domaine, sortis prestement de leur lit, étaient mis à contribution. Tous, de sept à soixante-dix-sept ans, femmes, hommes et enfants.

Il fallait sauver la récolte des vergers et surtout des vignes. Chacun connaissait sa mission, nul n'y dérogeait.

Les plus jeunes saisissaient les fagots de sarments des dernières tailles remisés et rangés astucieusement tête queue et les faisaient passer aux jeunes filles. Ces dernières les entassaient sur des brouettes ou même des charretons selon les parcelles. Les garçons poussaient les chargements jusqu'à destination.

La cadence du va-et-vient des véhicules rythmait le travail.

Marie-Antoinette participait, enchantée, à ce grand élan de travail communautaire. Elle entassait les fagots sur une brouette quand un petit jeune homme l'apostropha.

— Et la grande, tête queue, tête queue !

La jeune fille en laissa tomber ses bras en rougissant.

Isabelle, la plus grande des enfants Seguin, vint à sa rescousse.

— Gaston t'explique le sens des fagots.

Joignant le geste à la parole, elle lui montra en entassant les fagots correctement.

— La tête, c'est le haut des branches, la queue, les bois du bas, sinon ça dégringole ! Tête queue.

Vite, Marie-Antoinette se ressaisit.

— Tête, queue, tête, queue… chantonnait-elle quand Gaston revint chercher les provisions de fagots.

— Voilà, tu comprends vite !

Là-bas, les hommes avaient déjà préparé les brûlots. Les feux, rapidement allumés, montaient clairs, craquants et joyeux dans un ciel constellé d'étoiles scintillantes.

Très vite, la fumée du bois pas tout à fait sec recouvrait d'un épais édredon nuageux l'atmosphère devenue âcre et piquante.

Le gel pouvait descendre, il n'atteindrait plus les ramures, bourgeons et parfois mêmes fruits. Les récoltes pour l'heure étaient sauvées.

Les femmes arrivaient avec un plein chaudron de vin chaud parfumé de cannelle et le distribuaient généreusement. Même les enfants avaient droit à une petite ration du breuvage revigorant. Alors s'ensuivait une muette cavalcade entre les rangées de vignes et les futaies de fruitiers.

Les mères rattrapaient leurs pitchounes, mais les jeunes gens continuaient leurs sarabandes endiablées.

La plupart rentraient à l'aube les yeux gonflés de sommeil, de fumées, et de je ne sais quelles hallucinations nocturnes de pleine lune. Marie-Antoinette et Gaston furent de ceux-là.

Bien sûr, plusieurs mariages étaient célébrés après ces escapades de clair de lune enfumé et personne ne trouvait à redire.

Le taste vin

En plus de tout le florilège de statuts, Louis était un *taste vin*[1] remarqué, d'autant qu'il n'abusait que dans de rares occasions des breuvages des chais. Marie disait :
— Louis a le vin gai, mais rare.

Quand il devait descendre contrôler la maturation des vins, il en avertissait discrètement Marie par un petit rituel. Il mettait dans sa poche un petit bout de bougie et quelques noix qu'il prenait au cellier.

Avant de se rendre au caveau, il battait son briquet d'Amadou, et allumait sa bougie. En descendant, si la flamme s'éteignait, il n'insistait pas : le gaz carbonique s'échappant des tonneaux en pleine fermentation en avait surpris et tué plus d'un.

Pour évaluer plusieurs vins, il devait suivre un cérémonial précis. Après avoir mis une lampée du premier vin à tester dans sa bouche, il le susurrait, le tournait, l'envoyait sur le palais puis le recrachait directement sur le sol battu. Ensuite, il mangeait consciencieusement un ou deux cerneaux de noix, qui, par leur goût âpre, lui nettoyaient la bouche de l'alcool et des arômes plus ou moins fruités du premier vin testé.

---

[1] Presque œnologue

Quand le vin était stabilisé, il en référait au comte. Les deux hommes, de concert, décidaient de la mise en bouteilles.

Une partie était destinée aux ouvriers agricoles, carburant nécessaire à leurs travaux de force (ce vin ne dépassait pas neuf degrés), une autre partie à la vente et, dans ce mas, le meilleur au château. Le restant était confié au bouilleur de cru.

Une fois l'an, le bouilleur installait dans la cour du château son alambic de cuivre rutilant. L'odeur de la blanche chatouillait agréablement les narines de quiconque passant à proximité.

Les gens du peuple trouvaient dans l'alcool et plus particulièrement dans le vin et surtout à ses vapeurs une consolation à leurs soucis quotidiens. Il y eut une année où un politique de Paris mit à mal cette activité, mettant en cause l'alcool sur les problèmes de misère.

Louis, pourtant peu bavard, discutait ce jour avec le comte de ce problème.

— Cherchez la cause, traitez-la et les conséquences désastreuses disparaîtront, dit Louis.

Et il continua sur sa lancée.

— Donnez du travail, payez les ouvriers et ils boiront du bon vin en travaillant. Le soir, ils n'auront ni le goût ni la force de s'encanailler et d'être violents. Au mas, nous n'avons pas souvent ce genre de problème.

— Et comment faites-vous ? s'étonna le comte.

— Quand je choisis une équipe, j'évite ceux qui sont déjà pris de boisson, il n'y a que ceux qui n'ont pas bu qui sentent l'homme, les autres déguisent avec de la menthe ou de la sauge leur haleine avinée. Je regarde leurs mains discrètement, si elles tremblent, je passe à un autre. Bien sûr, il y en a toujours qui sont plus malins, mais je les repère vite.

Au travail, ils se donnent plus que les autres, mais ne tiennent pas la cadence. Ils boivent leur ration trop vite et s'ils n'ont plus rien ce sont des bagarreurs ou des lavettes que je retrouve endormis dans un coin. Ça vous gâche une équipe. Dommage, car à jeun ce ne sont pas des mauvais garçons.

— Tout de même, ils n'ont pas de volonté ! renchérit le comte.

— Ah, monsieur le comte, sauf votre respect ça vient de loin la volonté

— Vous m'en direz tant.

— Pas plus monsieur le comte, je reste à ma place qui est bonne et je vais travailler. Le bonjour, monsieur le comte.

Le comte n'arrivait pas à aller plus au fond des pensées de son régisseur. Il avait le chic pour s'esquiver toujours aux moments où la discussion devenait intéressante.

— Diable d'homme ! dit-il entre ses dents. Mais je l'ai voulu.

Régisseur

Il y avait des régisseurs qui se comportaient de façon despotique : certains n'admettaient aucun retard à table. Quand retentissait le claquement de la lame de leur couteau qui se refermait et, qu'il se levait, le repas était fini, tous les ouvriers sortaient rassasiés, ou pas, sous peine de renvoi. La main-d'œuvre était abondante. La plupart des travailleurs étaient des saisonniers, même des journaliers. Manger, dormir à l'abri était pour beaucoup leur seule ambition, alors pas de contestation.

Le mas était reconnu pour sa prodigalité. Le travail était dur, le régisseur voyait tout, mais était juste.

On racontait qu'un berger saisonnier avait subtilisé plusieurs agneaux et les revendait sous cape. Louis s'en rendit compte. Le matin au déjeuner, devant tous les ouvriers, les yeux rivés sur son couteau tranchant le pain, il dit :

— Il manque des agneaux, trois exactement. C'est beaucoup.

Comme le manège continuait, il rentra plus tôt que prévu dans la bergerie. Le coupable, déjà à pied d'œuvre, tenta de s'esquiver. Louis le saisit par le bras, secoua la cape d'où tombèrent deux agneaux nouveau-nés.

— Je ne te dois rien, il me semble, tu peux partir.

D'autres bergers s'étaient approchés. Plantant son regard noisette dans ceux des curieux, Louis ajouta :
— Le voleur c'est celui qui se fait prendre, à bon entendeur ! Salut !

Marie

Outre de s'occuper de sa famille, de sa maison, dans le cadre de l'épouse du régisseur, Marie devait gérer la basse-cour étendue aux lapins et aux cochons. Elle devait veiller à l'approvisionnement, la gestion des denrées lui permettant de confectionner les repas servis aux ouvriers agricoles et à sa famille.

Les saisonniers mangeaient à l'aube, l'hiver la soupe de courge arrosée d'un peu d'huile d'olive sur de grosses tranches de pain et, bien sûr le café noir. Selon le travail, à la pose, il leur était servi un bout d'omelette aux légumes de saison.

L'été, le fromage de brebis dit *le vineigra,* [1] remplacerait la soupe.

Le soir, la soupe trempée de pain, parfois améliorée de charcuterie ou de fromages, clôturait la journée de dur labeur. Pas de dessert, mais des fruits frais et secs selon la saison.

En semaine sainte et le vendredi, le poisson remplaçait la viande. Le plus souvent, mouton, cochon, volailles, lapins, bœuf et bien sûr tous leurs abats étaient servis en sauce. Les légumes et les féculents accompagnaient le tout.

Pour certaines occasions comme les fêtes votives, la Chandeleur, Pâques, Noël, les repas améliorés suivaient les traditions très fortes dans cette région.

---

[1] Sorte de fromage de brebis conservé dans de l'alcool

Pour ce qui était de la boisson, chaque ouvrier avait droit à trois litres de piquette du domaine par jour.

La nourriture était plus ou moins abondante et goûteuse selon les patrons, les régisseurs et surtout les cuisinières. L'heure des repas fluctuait selon la saison et le travail.

Les soucis étaient de prévoir le nombre d'ouvriers qui devaient être nourris. Ce matin-là, au moment de servir le déjeuner aux douze saisonniers déjà attablés, Louis arriva avec dix hommes de plus que prévu.

— Et d'où ils sortent ceux-là ? interrogea Marie en continuant à couper de larges tranches de pain.

— Ils arrivent de Pont-de-Crau, je sais, ils n'étaient pas comptés, mais il faut les nourrir ce matin.

— Et avec quoi ? Moi j'ai prévu pour la semaine.

— Ce n'est que pour ce matin. Tu vas bien trouver un peu plus de *vinegras* !

— Ah bon ? Il faut un bon mois pour qu'il se fasse et qu'est-ce que je vais donner demain !

Marie Antoinette arrivait avec la cafetière fumante.

— Bon, asseyez-vous, il y a au moins du café et du pain, je vais trouver quelque chose de plus.

Et se retournant vers sa nièce elle lui dit

— Sers les premiers bols et rejoins-moi.

Et là-dessus en ronchonnant elle s'éclipsa.

Sur la grande table de la cuisine, un grand *ravier*[1] rempli d'anchois attendait de dessaler dans de l'eau claire. La jeune apprentie venant juste de franchir la porte proposa.

— Tante si on leur donne un filet d'anchois !

— Bien sûr, et avec quoi je fais mon anchoïade demain ? Je vais les multiplier comme un certain Jésus !

À peine dit, Marie regretta de s'emporter contre Marie-Antoinette.

— Ça me dévarie cette histoire, mais tu as raison, nous allons leur donner un filet d'anchois et demain j'allongerai l'anchoyade avec de l'huile. Porte-leur un peu de vineigra et un filet d'anchois. Je refais du café.

Quand Marie revint avec une nouvelle cafetière odorante, elle fut accueillie avec un grand Ah ! de reconnaissance par la tablée de travailleurs. Un seul ouvrier osa se manifester.

— Et patronne, il est un peu tout *estrapassé*[2] ce filet, je ne peux pas avoir un peu d'huile d'olive ?

Marie se rapprocha du plaignant et tranquillement lui répondit.

— Bien sûr, mais alors, rendez-moi le filet d'anchois !

Certains rirent sous cape et d'autres s'empressèrent d'avaler leur anchois, l'homme

---

[1] Plat creux en terre cuite
[2] Abîmé.

estomaqué [1] ne put répondre et finit son déjeuner en silence.

Il était convenu que Marie ne recevrait pas de salaire, mais la famille logée gratuitement se nourrirait aussi des produits du mas.

Le château avait d'autres employés, mais un coup de main ponctuel pour des tâches sollicitant plus de bras pouvait lui être demandé comme pour fouler le raisin, ramasser les fruits ou aider à un repas au château. Le comte et sa femme furent des patrons tout à fait raisonnables.

Parfois, Marie recevait du château des coupons de tissu lui permettant de confectionner des vêtements pour sa famille.

La couture n'était pas son fort, mais, quand Suzon, la domestique du château lui remit un beau coupon d'étoffe de coton blanc aux raies bleues, elle mit tout son cœur à confectionner de jolis tabliers pour chacun de ses enfants.

Elle en était si fière qu'elle en parla à Lisa.

Enthousiaste, Lisa avança :

— Le photographe sera au village jeudi, c'est une occasion rêvée de les prendre en photos dans leurs beaux tabliers.

— Lisa, je n'ai ni l'argent ni le temps de les accompagner ! lui répondit Marie un peu irritée.

---

[1] Surprit

— Ils vont bien à l'école à pied sans toi. Isabelle a bien 10 ans, elle peut se charger de ses frères, moi je les récupère devant l'église et je m'occupe du reste, ça me fait plaisir.

Marie ne pouvait rien refuser à sa belle-sœur, d'autant qu'elle n'avait pas encore de photos de ses enfants.

— Bon d'accord, dit-elle un grand sourire aux lèvres.

— Je te les envoie jeudi.

Il était trois petits-enfants

Le jeudi en question, Marie, ayant réussi à regrouper ses petits, leur dit :

— Chaussez vos *galoches* [1] du dimanche et enfilez vos tabliers neufs, votre tante Lisa vous attend devant l'église. Isabelle, tu en profiteras pour porter cette enveloppe à monsieur le curé. Tu ne la perds pas, c'est de l'argent pour payer *la bonne mort*.[2]

Comme la fillette tendait la main vers l'enveloppe, Marie insista :

— Tu y fais attention.

— Mais maman... protesta la fillette, vexée que sa mère ne lui fasse pas confiance.

Jean, toujours aux aguets pour reprendre sa sœur, dit :

— Tu ne comprends pas, maman ne veut pas que tu l'égares, comme la bouteille de lait.

Isabelle se retourna furieuse sur son frère.

— Parce que c'est moi qui l'ai perdue ?

— C'est toi qui la portais, rajouta Marius.

Marie intervint.

— Vous allez peut-être me dire ce qui s'est passé ce jour-là avec la bouteille de lait ?

Les trois gamins se mordirent honteusement les lèvres.

---

[1] Chaussure à semelle en bois
[2] Messes commandées à la paroisse pour avoir une bonne mort

— Alors vous l'avez oubliée ou perdue ? Monsieur Blanc ne l'a pas retrouvée et il m'a bien confirmé que vous l'aviez prise.

— Elle ! dirent en cœur les deux frères complices en pointant un doigt accusateur vers leur sœur.

— Oh ! Ça alors, bien sûr que je l'ai prise, vous ne voulez jamais rien porter.

— Bon ça suffit, je n'ai pas de temps à perdre avec vos disputes. Marius, explique-moi.

Le petit regarda son frère qui baissait les yeux, puis sa sœur qui, elle, l'encourageait muettement par des mimiques.

— Bon ! se lança-t-il. Isabelle a pris la bouteille de lait et, tu te souviens, maman, c'était le jour où il y avait plein de neige, mais beaucoup, on n'en avait jamais tant vu, c'était beau.

Sa mère lui fit un geste impatient.

— Continue.

— Mais c'est important. Bon, Jean a commencé à nous lancer des boules de neige.

Et se tournant vers sa sœur :

— Hein, Isabelle. Tu en as reçu une en pleine figure.

Jean pouffa dans sa main, mais s'arrêta vite, fustigé par le regard courroucé de sa sœur.

— Alors, Isabelle a posé la bouteille dans la neige et on a fait une bataille de boules de neige.

— Et ? s'impatienta à nouveau Marie.

— Et...
— On ne l'a plus retrouvée, ajouta Isabelle sur un ton péremptoire.
— Ah ! s'étonna Marie.
— Vous ne l'avez pas plutôt bue ?
— Oh non ! s'offusquèrent les trois gamins en même temps.
— Vraiment maman, on ne l'a plus retrouvée dans tout ce blanc.

Marie regarda ces trois petits. Ils étaient trop beaux et elle eut envie de les croire.

— Bon, il a bien dû profiter à quelqu'un ce litre de lait, allez, filez.

Isabelle, dix ans, Jean huit et le petit Marius, cinq, tout fiers de leurs tabliers neufs, rentrèrent dans l'église.

Leurs galoches ferrées résonnèrent bruyamment. Une bigote agenouillée près du confessionnal se retourna furibonde et, couvrant le bruit de leur fer, cria en patois.

— *Fas pa tant de roumadan ! li pichoun* ![1]

Isabelle passa très dignement devant la ronchonneuse, tirant ses frères par la main, sans la regarder et lui répondit.

— Madame, nous ne comprenons pas le patois.

Et les trois gamins, le nez en l'air, se dirigèrent vers la sacristie.

---

[1] Ne faites pas trop de bruit les enfants !

Sur le parvis de l'église, Lisa les attendait. Quand elle vit ses neveux sortir, son cœur se gonfla d'un curieux sentiment de plaisir et de tristesse. Elle frissonna, eut une furieuse envie de partir en courant. Elle se ressaisit. C'est elle qui avait proposé la séance chez le photographe et les bouilles joyeuses de ses neveux vêtus de leurs jolis tabliers neufs valaient de les fixer pour la postérité.

— Allons-y, mes mignons. Après nous irons acheter des friandises.

Elle prit la main du petit Marius et la chaleur de la menotte la réchauffa.

Les années de guerre

Nouvel enfant nouveau tourment

Mars 1914, Marie, à quarante-quatre ans, mit au monde une petite fille prénommée Margueritte.

Marie raconta que dans les champs d'oliviers, elle avait vu un serpent et que la peur lui avait fait revenir ses règles, d'ailleurs la petite avait des yeux mordorés comme ceux du serpent.

La Première Guerre mondiale éclata en août. Louis, chargé de famille (il fallait avoir quatre enfants), fut mobilisé, mais pas pour partir au front. Il devait se rendre à Saint-Chamas pour travailler dans l'usine d'armement.

Isabelle, à la naissance de cette inattendue petite sœur, fut très contente de jouer à la poupée. Elle la langeait, la lavait, la promenait dans un landau un peu fatigué que leur avait donné la comtesse.

Tout se gâta brutalement quand l'institutrice d'Isabelle vint un soir parler aux parents. Isabelle avait obtenu le certificat d'études avec les meilleures notes du canton.

L'institutrice reçut une promotion. Elle était nommée comme directrice dans une école d'Arles. Elle avait une proposition à faire à la famille réunie.

— Isabelle est douée pour les études, je ne vous apprends rien. Je vous propose de la prendre avec moi. Je vous demande seulement de lui fournir un trousseau complet.

Le père regarda chacun de ses enfants. Marie servait le café dans un silence songeur. Louis but son café, posa la tasse vide et de ce ton tranquille qui inaugurait les grandes décisions dit.

— C'est bien qu'elle soit intelligente, c'est très gentil votre proposition.

Isabelle se tortillait sur sa chaise.

— J'ai quatre enfants, je ne suis pas sûr de pouvoir donner une instruction à chacun. Isabelle est l'aînée, ce ne serait pas juste pour les autres, d'autant que je viens de recevoir ma fiche de mobilisation. Je suis soutien de famille, je pars pour une usine d'armement à *Saint-Chamas*. Ma femme a besoin de notre fille pour l'aider au mas et pour garder la petite dernière. Voilà, je n'ai rien à rajouter, madame l'institutrice.

Une chaise fut renversée, celle où était assise Isabelle. L'enfant avait trop de respect pour son père pour lui contester cette décision. Par contre, cette petite sœur cristallisa ses rancœurs.

Plus Isabelle s'énervait contre *le caganis*[1] qui avait gâché son futur, plus, bien sûr, la benjamine cumulait les bêtises. Par contre, Marius adorait sa petite sœur.

---

[1] Petit dernier

Les Allemands et les Français

Ainsi Marie et sa fille aînée, à elles deux, assumèrent le travail du mazet.

La dernière n'avait que quinze mois quand le mazet fut réquisitionné par l'administration française. Le domaine, privé de sa main-d'œuvre, se voyait attribuer trois prisonniers allemands, surveillés par quatre soldats français.

Marie avait tenu son rôle avec superbe.

Au début sur ses gardes par rapport aux Allemands, elle se rendit vite compte de la petitesse des soldats français. Ces derniers ne faisaient rien de la journée.

Prétextant prendre leur rôle de garde au sérieux, ils traînaient, leur fusil bien en vue, se pavanant comme des dindons. Les prisonniers, tous les trois issus de famille paysanne, étaient durs à la tâche comme le confirmèrent les quelques ouvriers du coin non mobilisés pour causes multiples. En fait, comme ils l'expliquèrent plus tard, ces Allemands étaient assez contents de travailler la terre loin des tranchées, champs de bataille et gaz moutarde.

Le premier soir de leur arrivée, le chef français déclara que les prisonniers mangeraient sur un banc près de la porte dans leur gamelle de soldat et que leur ration serait de moitié.

Marie ne dit rien sur le coup et fila dans la cuisine, Isabelle sur ses talons.

— Qu'est-ce qu'on fait, maman ?

Marie un grand sourire aux lèvres lui répondit.

— Alors nous quatre, plus les quatre Français, les trois prisonniers. Tu sais compter ?

— Oui bien sûr, ça fait onze.

— Alors, mets onze couverts.

Quand les hommes rentrèrent, le petit chef tenta une réplique. Marie le moucha tranquillement.

— Je ne sais pas ce qui se passe sur le front, c'est une affaire d'hommes, ici, c'est moi qui commande et il ne sera pas dit qu'au mazet, les travailleurs ne seront pas ou mal nourris. Allez vous laver les mains tous, la petite sert la soupe.

Qui rapporta cette histoire ? Elle fit le tour des mas. Quand elle vint aux oreilles du comte, il se félicita des Seguin.

Les prisonniers ne profitèrent en rien de leur relatif égard. Ils se comportaient comme des ouvriers lambda.

Ce jour-là, Marie était en train de changer sa petite dernière quand un garde et un prisonnier surgirent bruyamment dans le mazet. L'Allemand posa au sol une dame Jeanne vide.

— Nous avons besoin d'un peu plus de vin ! dit le français.

Marie tenant sa petite sans couche à bout de bras, lui rétorqua :
— Et alors, vous avez eu votre ration !
— Les boches ont tout bu !
Marie en doutait fort, mais voyant l'air triste du prisonnier, concéda :
— Passe pour cette fois, mais vous pourriez le demander poliment !
Le bébé s'agitait en faisant de drôles de grimaces. Marie cherchait où poser l'enfant, elle s'avança vers le garde quand le prisonnier, un grand sourire aux lèvres, tendit les mains et baragouina :
— Moi papa, sais faire.
— Oui oui, dit le français qui semblait soulagé.
Marie confia son précieux paquet aux mains généreuses.
L'homme savait en effet y faire : il plaça l'enfant sur sa hanche juste au-dessus de la poche béante de sa vareuse, tout en lui fredonnant doucement une comptine. Margueritte, conquise, cessa ses grimaces et le gratifia d'un joli sourire, poussa un soupir d'aise et... se soulagea.
L'odeur nauséabonde caractéristique se répandit aussi vite que la stupéfaction sur les trois visages adultes.
Le rire franc de l'allemand qui tenait toujours fermement l'enfant fut coupé par la voix stupéfaite du garde

— Et bien, elle les emmerde tôt, les boches !

Marie récupéra sa fille et dit :

— Excusez-moi, monsieur l'allemand, mais ici on dit : « merde de chien ne rapporte rien, merde d'enfant rapporte de l'argent ». Posez votre veste, je vais naturellement m'en charger.

— Merci pour vous, moi pas toujours aussi rire, merci joli bébé !

Marie remit en état la vareuse.

Quand le prisonnier l'enfila, il trouva dans ses poches, bien protégé par un emballage de papier, tout un assortiment de fruits secs : raisins, figues, noix, abricots, amandes.

Il en remercia très discrètement Marie, mais n'en parla à personne.

La permission

Pendant les quatre ans que dura la sale guerre, Louis revint seulement six fois.

Marie et les enfants se réjouissaient de ses permissions. Louis, déjà taiseux de nature, ne donnait pas du tout d'information sur son mode de vie. Les nouvelles du front étaient tellement terribles qu'il n'osait se plaindre de sa position de réserviste. Pourtant Marie s'inquiétait de l'état physique de son homme.

— Tu ne vas pas me dire que tu n'as pas maigri. Et la couleur jaune de tes moustaches et de tes cheveux, c'est dû à quoi ?

— La couleur ce n'est rien, c'est la poudre. Je préfère l'avoir sur la surface que bien calibrée dans mon ventre, répondait-il.

— Mais tu dois en avaler ?

— Sûrement, c'est pour cela qu'ils nous font boire du lait, au moins trois litres par jour.

— C'est égal, je trouve ça inquiétant.

— C'est beaucoup plus préoccupant, tous ces jeunes qu'on envoie dans les tranchées. Notre neveu, le fils de Marie Viaud, est parti hier matin, il vient juste de fêter ses 20 ans.

Marie, la sœur de Louis, s'était mariée avec un monsieur Viaud. Elle avait trois enfants : Viaude, qui allait sur ses vingt-deux ans (on donnait aux aînés le nom de famille et si c'était une fille on rajoutait un « e »), Jean, vingt ans, et la petite Catherine de l'âge d'Isabelle, l'aînée des Seguin, c'est-à-dire quinze ans. Isabelle aimait beaucoup son cousin. Catherine disait :

— On peut enlever le beaucoup !

Le jeune homme, plutôt timide, ne s'en défendait pas. Sa cousine germaine était ravissante ; pas très grande, blonde aux yeux bleus et malgré le travail au mas, habillée toujours avec grand soin.

Toute la famille s'ébahissait devant la réalisation des vêtements qu'elle confectionnait elle-même avec trois fois rien. Petit Guitou, ainsi était surnommé la dernière de Louis et Marie, elle, n'appréciait pas les séances d'essayages auxquelles sa grande sœur la contraignait. Cette dernière venait de surgir, trottinant devant Isabelle. Les bras embarrassés de linge, les yeux rougis, Isabelle poussa la petite devant elle, fit mine de repartir puis revint sur ses pas.

— Jean Viaud est parti hier avec toute sa promotion, que des jeunes de vingt ans. C'est Catherine qui m'a avertie. Je me suis proposée d'être sa marraine de guerre.

Petit Guitou vint se blottir sur le bas de la robe de sa sœur.

— Tu vas le baptiser ?

Ce mot fit tout de même sourire sa grande sœur.

— Non Margueritte, je vais lui envoyer des lettres, des colis.

Sentant que les questions de l'enfant ne s'arrêteraient pas là, Marie se baissa à son niveau et la prenant dans ses bras lui dit :

— Viens avec moi, aujourd'hui je vais t'apprendre à tricoter.

— Mais maman, je dois consoler Isabelle, je vais monter sur la chaise pour qu'elle puisse finir ma dernière robe. Je ne bougerai pas, même quand elle me piquera.

Et attendant un assentiment, elle se tourna vers Isabelle. Mais celle-ci s'était déjà éclipsée.

— Pas aujourd'hui, *pitchote,* dit en l'entraînant sa mère.

Louis devait repartir par le petit train du matin. Le soir, il avait convenu avec Marie de proposer à Isabelle de l'accompagner jusqu'à la gare d'Arles.

— Elle profitera pour prendre des queues de mouton au boucher Ange B.

— J'en ferai un ragoût, de plus, c'est jour de marché, ça la distraira.

Le lendemain de bonne heure, Marius emmena son père et Isabelle dans la *jardinière* jusqu'à la gare de Fontvieille ou ils s'embarquèrent dans le petit train. Depuis 1910, ce train avait remplacé la diligence.

Les passagers, serrés les uns contre les autres, leur firent une place. Louis, sentant le chagrin que son aînée essayait de contenir, lui prit la main, laissant couler dans la paume de sa main trois sous.

Isabelle leva les yeux sur son père qui regardait pudiquement ailleurs.

— Moi, je n'en ai pas besoin. On est nourri là-bas, fais-toi plaisir ma fille.

Une larme glissa sur la joue de la jeune fille.

— Oh, ce n'était pas pour te faire pleurer, allons.

— Merci papa, dit-elle en lui souriant.

À ce moment, un voyageur, un monsieur corpulent, fut pris d'une quinte de toux. Isabelle lui tendit son petit mouchoir blanc joliment brodé.

L'homme le saisit, puis dégageant son propre mouchoir, cracha dedans et dit :

— Merci, mademoiselle, j'ai dû attraper froid, mais je vous rends votre joli mouchoir.

Le petit train était arrivé à la gare d'Arles. Le père et sa fille s'étreignirent et se quittèrent.

Le chapeau d'Isabelle

Isabelle adorait le marché d'Arles. Tous ces achalandages de produits la ravissaient. Surtout les stands voués à l'habillement : les tissus, les chapeaux, les dentelles, les boutons, les lacets...

Marie lui avait donné aussi de quoi payer la boucherie et le voyage de retour. Dans une petite bourse de cuir, elle avait rajouté le cadeau de son père, ce qui lui faisait une petite somme. Elle glissa le tout dans son *caraco* bien serré sur sa poitrine naissante. D'abord aller chez le boucher, pensa-t-elle en se rendant dans le quartier de la Roquette.

La boucherie en question était la plus grande de la ville. Une seule fois, Isabelle était entrée à l'intérieur, accompagnée de sa mère.

Elle se trouvait devant la porte et n'osait la pousser. Elle regardait à travers la vitrine. Un jeune homme vêtu d'un grand tablier impeccablement blanc lui fit signe de rentrer.

Isabelle recula et trébuchant sur le trottoir se sentit partir en arrière, rattrapée de justesse par un bras solide. Le jeune homme l'aida à se rétablir en riant.

— Eh, belle jeune fille, je vous ai fait peur ?

Isabelle, vexée et rouge de confusion, rétorqua :

— Non, pas du tout ! Je regardais si vous aviez des queues de moutons.

— Ah, je vois, pour faire un ragoût, et bien entrez ma belle.

Il poussa la porte en s'inclinant drôlement.

— Je vous prépare tout de suite ça, combien en voulez-vous ?

— Euh, huit ou dix.

— Vous avez bon appétit.

— C'est à dire.

Le jeune homme s'éclipsa.

Un jeune garçon boucher en train de désosser un quartier de viande soupira et persifla.

— Alors vous flirtez avec le patron pour des abats !

À nouveau rouge et honteuse, elle était prête à tourner casaque, quand le patron revint. Il avait entendu la réflexion de son apprenti et le houspillant, il regarda bien en face Isabelle qui ne savait plus où se mettre. Tout en enveloppant la commande, il dit :

— N'écoutez pas ce pauvre *bougre*, c'est parce qu'il n'a jamais goûté au ragoût de Marie Seguin. Tiens, pour la peine, je vous les donne.

Et lui tendant le paquet enveloppé dans du papier journal, il rajouta :

— Le bonjour à vos parents. Tout le plaisir est pour moi.

Isabelle partit en direction du marché. L'horloge de Saint-Trophime sonna dix coups. Elle avait une bonne heure pour flâner et peut-être faire une bonne affaire.

Son choix se porta sur un minuscule bibi orné de petits fruits colorés. La vendeuse, comprenant l'intérêt de la jeune cliente, *déboula* et le lui colla sur la tête. En deux temps, trois mouvements, elle avait sorti des épingles et d'une main experte, rajusté le bibi un peu de côté sur les cheveux blonds d'Isabelle.

— Oh ! Que ça vous va bien, il n'attendait que vous.

Flattée, la jeune fille lui sourit.

— Mais je ne sais pas si je peux vous le payer ?
— Pour vous, ce sera cinq sous, c'est donné !
— Je pourrais avoir un miroir ?
— Hélas, nous n'en avons plus. Nous l'avions posé et il nous a été dérobé. Mais vraiment mademoiselle, vous êtes ravissante. Tenez, pour la peine, je vous le laisse pour quatre sous.

Onze heures sonnèrent.

— Bon d'accord, je le prends.

Elle sortit son petit magot, paya et se pressa vers l'arrêt de la gare.

Ce n'est qu'arrivée à destination qu'elle réalisa son petit emprunt.

— Un sou de trop, que vais-je dire à maman ?

Elle hâtait le pas sur le chemin menant au mas, quand le bruit d'un petit trot de cheval la fit s'arrêter. Son frère Jean, monté sur leur canasson Clairon, la dépassa.

— Oh ma sœur ! cria-t-il. Que d'élégance !

Il éperonna la pauvre bête qui les fit disparaître dans un nuage de poussière. Isabelle s'épousseta, hocha les épaules et, connaissant Jean, se demanda ce que cachait ce compliment. Puis elle se redressa. Après tout, il n'y avait que ce malotru pour ne pas reconnaître sa grâce naturelle. Ainsi elle franchit le portail, le nez en l'air, fière comme Artaban. Petit Guitou courut vers elle en riant.

— Comme il est joli ton chapeau, tu me le prêtes ?

— Sûrement pas, tu es capable de me le réduire en bouillie comme tu as fait avec mes poupées.

Comme la petite se renfrognait, Jean vint à son secours.

— Il est beau son bibi, hein Petit Guitou, je vois trois poires, toi aussi ?

Isabelle pâlit.

— Des poires ? dit-elle en tendant ses bras sur son couvre-chef.

— Oui deux dessus et une en dessous.

Isabelle, folle de rage, arracha son bibi, ne prit pas la peine de le regarder, le jeta à terre et le piétina rageusement.

Consternée, les épaules rentrées, le visage baissé, Petit Guitou dit tout bas :

— Cette fois, ce n'est pas moi, hein, Jean ? Elle l'a tout *escané*.[1]

---

[1] Abimé.

Jean attrapa la fillette, la jucha sur ses épaules et sautant comme un cabri chanta.

— Trois poires, deux dessus, une belle dessous.

Marie avait tout vu de la fenêtre de la cuisine. Elle sortit et reçut son aînée en pleurs dans ses bras.

— En plus, dit l'adolescente entre deux hoquets, j'ai pris sur ton argent pour me l'acheter cet horrible chapeau.

— Ça ne doit pas être grand-chose, va, tu es aussi jolie sans chapeau.

Isabelle redoubla de pleurs.

— Personne ne me comprend.

S'arrachant des bras de sa mère, elle se calma, s'essuya les yeux avec son joli mouchoir et dit :

— Je partirai d'ici.

Et, très dignement, entra dans la cuisine.

La grippe espagnole

Les nouvelles du front étaient affolantes. On ne comptait plus le nombre de familles endeuillées.

On voyait arriver des hommes hagards, gravement blessés, amputés, défigurés, mêmes gazés.

Marie et Isabelle passaient toutes leurs soirées à tricoter pour la paroisse qui se chargeait d'envoyer des colis au front.

Ce soir de septembre 1918, alors que les autres membres de la famille étaient couchés, Isabelle, d'habitude, très appliquée, fit tomber son ouvrage. Se penchant pour le ramasser, elle fut prise d'un violent mal de tête et bascula mollement de sa chaise, s'étendant de tout son long sur le carrelage.

— Mais qu'est-ce que tu fais ? lui dit Marie, en se levant sans empressement.

Isabelle ne répondit ni ne bougea. Marie, comprenant l'étrangeté de cette situation, s'approcha, se baissa, essaya de tourner sa fille qui gisait sur le ventre, inanimée. Là, elle prit peur. Elle courut au bas des escaliers desservant les chambres et cria.

— Jean, Marius, venez m'aider, votre sœur est tombée.

Elle repartait au chevet de son aînée, lui mettait une main sur le front. Déjà, les deux garçons en caleçons se tenaient près de leur mère.

— Allez chercher une *pâte*[1] mouillée, elle est brûlante !

Marius courut jusqu'à la souillarde et revint avec le nécessaire. Jean, aidé de sa mère, avait réussi à asseoir la malade contre la chaise. Marie lui tamponna le front. Isabelle ouvrit des yeux vitreux.

— Mal à la tête, envie de vomir.

Un peu rassurée, Marie se tourna vers son plus jeune.

— Ce doit être une indigestion. Marius, fais chauffer de l'eau pour la tisane de sauge. Jean, une cuvette.

Petit Guitou, que personne n'avait entendu, se plaça devant sa sœur avec un seau de vendange.

— Vas-y, Isabelle, moi, ça ne me fait rien, le vomi.

La grande saisit le seau et un jet puant sortit de ses lèvres.

Jean lui tendit une serviette propre en grimaçant. Elle s'essuya. Il s'écarta en faisant la *baibe*.[2] Marie arrivait avec un bol de sauge en lançant un regard furibond vers Jean. Elle se pencha vers sa fille.

— Relève-toi, ça te sera plus aisé.

— Je serai mieux couchée. Je suis tout *ensuquée*[3], râla Isabelle.

---

[1] Morceau de tissu usagé.
[2] Grimace
[3] Endormi fatigué

— Allez, ma belle, je suis à ton service, tu m'aides, frérot ? dit Jean, content de se rattraper.

Isabelle rejeta la tisane, aussitôt qu'ingérée.

— Maman, dit-elle dans un souffle. C'est du romarin qu'il me faut, avec un peu d'hysope, du miel et surtout de la puante.

Étonnée, Marie crut que la fièvre faisait délirer Isabelle. D'où lui venait cette connaissance ?

Sentant le doute de sa mère, la fillette insista.

— Maman, vraiment.

Dans tous les mas de Provence, les bonnes herbes séchaient suspendues dans un endroit sombre et ventilé, souvent au plafond des escaliers. Marie s'exécuta.

Isabelle cessa de vomir, par contre, elle demanda plusieurs fois la *tinette*[1] et se dégagea d'une diarrhée verdâtre et malodorante. Puis elle s'endormit.

Le matin, Marie, seule, préparait le déjeuner des ouvriers. Elle n'avait pas réveillé les enfants et en plaçant les bols sur la table, songeait aux événements de la nuit passée.

Comment Isabelle, toujours dans ses livres et les tissus, pouvait connaître les plantes aussi bien ? Elle en était là de ses pensées quand deux ouvriers vendangeurs poussèrent la porte.

— Bonjour patronne, dit un grand gaillard brun en roulant les « r ».

---

[1] Seau hygiénique.

— Bonjour, installez-vous.
— Et la petite demoiselle ?

Marie disparut dans la souillarde.

— C'est moi, dit une petite voix.

Petit Guitou, toujours là où on ne l'attend pas, faisait une révérence en tenant un pan de sa chemise de nuit.

Marie revenait avec une grande cafetière de café fumant.

— Je t'aide, maman ?
— Tu es trop petite pour sortir le pain.
— Oh, mais je vais la soulever, dit l'homme.

Il se penchait déjà vers l'enfant. Marie les bouscula, ouvrit la panetière pendu au mur et sortit une grosse miche.

— C'est mon travail. Toi, pitchote, va t'habiller.

Un peu dépités, les hommes s'attablèrent et se servirent.

Toujours le même dit à son collègue :

— Hier, j'étais à Arles. Il y a depuis quelques jours une vague de grippe. Il paraît qu'on la soigne à coup de rhum.

Marie posa un plateau de fromages bien garni.

— Ah ! dit-elle. C'est donc ça !
— Et quoi donc ? interrogèrent les deux hommes en même temps.
— Ma grande...

Elle n'eut pas le temps de finir, les hommes se levèrent prestement.

— Il faut l'isoler, cria l'un d'eux.

Et ils s'enfuirent comme des voleurs, laissant Marie sans voix.

Elle entendit par la porte restée entrouverte le bruit caractéristique de la pompe à eau actionnée et, s'avançant, elle vit les deux hommes qui avaient tombé leur veste et relevé leurs manches pour se laver énergiquement les mains et les bras.

— Bien sûr, dit-elle tout haut.

Mais quand même, on n'a pas *encapé* [1] la peste !

Au soir du deuxième jour, Isabelle perdit tous ses cheveux.

Le docteur ne put venir au mas que le troisième jour.

Marie qui avait déjà vécu la diphtérie, et entendu parler de la peste, avait installé son aînée dans sa chambre, fait bouillir toutes les literies, les serviettes, les sous-vêtements dans la grande lessiveuse. Puis, elle avait lavé les trois plus jeunes énergiquement au savon de Marseille dans le grand baquet prévu à cet usage. Elle mit aussi tout son monde à la diète et aux tisanes.

Les enfants n'avaient pas osé remettre en cause toutes ces précautions, trop effrayés quand ils avaient vu leur mère brûler dehors les vêtements

---

[1] Attraper.

d'Isabelle et surtout de grosses touffes de la blonde tignasse de leur grande sœur.

Le médecin confirma le diagnostic de grippe. Il précisa « espagnole ». Isabelle commençait à se réalimenter avec *l'aïguo-bouilido*[1].

Marie avait caché la calvitie de la jeune malade dans un joli foulard d'Indienne rouge et jaune. Après avoir ausculté la jeune malade, en se lavant les mains, le docteur conclut :

— La vague est passée, faut lui donner des fortifiants, vous avez fait ce qu'il fallait.

— J'ai entendu pour le rhum ? avança Marie.

— Oh, sûrement pas. Un peu de vin chaud sucré au miel passe, mais pas trop. Qu'elle mange de tout et surtout qu'elle boive de l'eau, des tisanes.

— Marie se garda de lui parler de la recette de tisane d'Isabelle.

Elle ne voulait surtout pas que l'on regarde sa fille comme une *caraque* [2] ou pire une sorcière. D'horribles histoires traînaient encore dans la mémoire collective.

Ce fut l'affaire d'un bon mois. La vie reprit son cours. Les cheveux d'Isabelle repoussaient. Aucun membre de la famille ne put suivre la repousse et même Jean n'y fit jamais allusion.

---

[1]Eau bouillie avec de l'ail, de la sauge, du laurier est servi pour se laver le foie.

[2]Gitan.

Prémonition

Ce dimanche, toute la famille devait descendre au village pour assister à la messe donnée pour les soldats disparus au front.
— Disparus ? interrogea la benjamine ?
— Comme le soleil le soir ?
— Mais non, répondit impatiemment sa grande sœur.
— Le soleil il revient le matin, eux peut-être pas.
— Et ils sont où ? persista l'enfant.
— On ne sait pas, arrête de poser des questions idiotes.

Les trois aînés devaient partir bien avant l'heure, curieux d'avoir des nouvelles de leurs camarades et cousins.

Marie et Petit Guitou les rejoindraient sur le parvis de l'église.

Isabelle avait l'autorisation de rendre visite à sa cousine Catherine. Elle espérait avoir des nouvelles du jeune soldat et surtout montrer à ses cousins la paire de chaussettes qu'elle lui avait tricotée et allait lui envoyer.

En chemin, elle rencontra Viaude et prit le temps de lui montrer son tricot.

— C'est bien, mais tu sais, ne l'envoie pas, il y a des rumeurs d'armistice alors peut-être, tu auras le plaisir de le lui remettre.

Isabelle agrippa le bras de sa cousine et faillit défaillir.

— Et cousine, tu pars en *biberine*[1]. Viens chez nous te reposer.

Se redressant, très pâle, Isabelle lui dit :

— Ce n'est rien, j'ai cru entendre un cri.

— Moi je n'ai rien entendu. Et bien ma belle, ça ne va pas du tout.

— Je préférerais retourner à l'église, les autres vont s'inquiéter, proposa Isabelle.

Viaude saisit le bras de sa cousine.

— Comme tu veux, appuie-toi sur moi.

Nous étions le onze novembre mille neuf cent dix-huit.

Le jeune soldat Jean Viaud venait de s'écrouler, une balle perdue en plein cœur.

---

[1] Tu pars en morceaux

Les cacalousons

Toute la journée et la nuit, il avait plu. Les deux garçons étaient assis à même *les mallons*[1] rouges de la grande salle du mazet et se disputaient les quelques *châtaignes blanchettes*[2] que la mère leur avait données. C'était à qui en avait le plus mangé.

Jean, douze ans, l'aîné, un gros garçon aux joues rouges et aux yeux bleus tirait de toutes ses forces sur les poings serrés de son jeune et beaucoup plus fluet frère Marius, huit ans.

— C'est la dernière, je suis l'aîné, elle me revient !
— Moi je suis plus petit, j'ai besoin de manger.

La grande sœur, Isabelle, quinze ans, sagement assise à la longue table devant un livre se dressant de son séant leur cria.

— Ça suffit, je ne peux pas lire, vraiment pour une *châtaigne Blanchette*. Partagez-la, et qu'on en parle plus. Bande de *galavards* [3]*!*

Jean lâcha Marius qui en profita pour enfourner goulûment la fameuse châtaigne Blanchette. Jean allait lui bondir dessus quand le père ouvrit la porte. Les enfants restèrent comme figés devant cette forme dégoulinante qui s'ébrouait dans l'entrée. La mère qui vaquait dans la souillarde se précipita pour

---

[1] Carrelage en terre cuite rouge.
[2] Châtaigne cuite dans du lait très sucré.
[3] Goinfre.

venir en aide à son mari, l'aidant à sortir de sa grosse canadienne cirée et sombre. L'homme se saisit de son grand feutre dégoulinant et lui tendit.

— Ça va, je pense que dans une heure le ciel aura fini de dégringoler.

Marie s'avance sur le devant de porte.

— Tu as toujours raison, mon Louis, il y a déjà des trouées de ciel bleu.

— Papa ! cria une petite voix, et s'en suivit une galopade de petites jambes d'enfants pleines de vie.

La petite dernière, qui s'était assoupie dans le grand fauteuil cannelé, avait jeté les cris de ralliement. Le père un bon sourire aux lèvres fit tomber son vêtement mouillé, et reçut ses quatre petits dans la couronne de ses grands bras. L'éducation n'était pas aux effusions, mais quatre ans de guerre avaient fait émerger de nouveaux sentiments.

La vie était fragile, les enfants précieux, d'autant que la famille Seguin avait perdu déjà plusieurs enfants en bas âge, surtout une jolie *pitchoune* de trois ans. Une fois posée une caresse sur chaque tête, le père se redressant leur dit :

— Les escargots seraient mieux dans nos assiettes que dans les salades, ils sont tous de sortie.

Marie arriva déjà avec 4 petits seaux de métal et les distribua aux enfants. Souvent, les pensées de l'un des parents sortaient de sa tête pour rentrer dans celle de l'autre. Marius surtout l'avait compris, ces deux-là étaient soudés.

— Je les ferai à la sauce tomates avec plein de *cébettes*.[1]

Les deux frères se regardèrent en se pourléchant les lèvres.

Quatre années difficiles avaient mis leur robuste et jeune appétit à rude épreuve. La nourriture était devenue l'enjeu de toutes leurs disputes. Isabelle cacha son dégoût en mettant sa main devant sa bouche. Quant à Petit Guitou, qui n'avait que quatre ans, elle dit,

— Moi je veux bien sortir voir les cacalousons !

Jean fut le premier à remplir son seau, suivi de près par Isabelle qui malgré son dégoût devait montrer l'exemple. Elle avait même mis une feuille de mûrier en guise de couvercle pour ne pas qu'ils s'échappent. Marius remplissait en prenant le temps de faire redescendre les plus rapides. Quant à Petit Guitou, accroupie au milieu des salades, elle était en grande conversation.

— Où vas-tu, petit escargot, tu cherches ton frère ou ton papa ?

Isabelle sonna la retraite.

— On rentre. Allez, Margueritte, tu es toute mouillée.

---

[1] Repousse d'oignons secs.

La petite savait que le ton sec de sa grande sœur était un commandement sans appel. Elle rejoignit sa fratrie en sautillant, balançant le seau vide dans son petit poing serré. Marius se retourna vers sa petite sœur.

— Grimpe sur mon dos, je vais te *challer*[1], on ira plus vite.

Marius adorait sa petite sœur. C'est lui qui l'avait rebaptisée Petit Guitou. Toute la famille l'appelait ainsi, sauf Isabelle adolescente un peu rigide qui tenait à appeler sa sœur Margueritte.

Les quatre enfants rentrèrent dans le mazet. Le père inspecta le seau de ses aînés avec satisfaction.

— C'est bien, portez-les à votre mère.

— Marius ayant constaté le seau vide de sa petite sœur la tenait derrière lui. Croyant que c'était un jeu, la petite faisait « coucou, caché ». Le père s'accroupit devant la fillette.

— Et toi, où est ton seau ?

Innocemment, l'enfant le lui tendit vide.

— Tu le veux mon papa, je te le donne.

Marius sentit la colère de son père monter, il osa.

— Elle est si petite !

Le père ne le regarda même pas. Il s'adressa encore à l'enfant qui n'avait toujours pas compris.

— Et les escargots, tu n'en as pas vu ?

— Oh oui, j'en ai vu un dans les salades.

---

[1]Transporter sur son dos.

Et se tournant vers son frère, elle ajouta :

— Il était si petit, je crois qu'il s'était perdu.

Le père souleva l'enfant sans brusquerie et lui dit près de l'oreille.

— Pas d'escargots, pas de daube. Je t'emmène au lit sans manger.

Les trois autres enfants restèrent bouche bée. Ils ne pouvaient comprendre cette punition. Isabelle, profitant que le père soit parti dans la chambre, se glissa dans la cuisine où sa mère finissait de préparer le repas.

— Pourquoi ? demanda-t-elle, les yeux pleins de larmes. Jamais tu ne nous as privés de manger.

La mère prit sa fille contre elle sans rien dire. Comment expliquer à une ado que l'absence, durant ces quatre ans même, entrecoupée de rares et rapides visites, avait refoulé son statut de père en celui de visiteur et que, son Louis essayait de retrouver son rôle de chef de famille maladroitement, c'était certain.

Marie servit la daube. Les enfants plongés dans leur assiette ne disaient mot. Marie remarqua qu'ils se trémoussaient sur leur chaise plus qu'à l'ordinaire. Elle aussi d'un naturel plutôt bavard se tint coite. Le repas fut vite expédié et les enfants étrangement silencieux allèrent se coucher.

Le père s'installa dans son fauteuil en roulant une cigarette de gris, ce qu'il s'accordait tous les soirs.

Marie rangeait, lavait en s'essuyant nerveusement les mains à un torchon. Ne tenant plus, elle fit front à son mari.

— Je veux te dire !

— Je sais.

Il se leva, se dirigea vers la souillarde, en revint avec une tranche de pain et du fromage.

— Allons lui porter.

Marie lui sourit.

— Tu sais Louis, ce n'était pas facile. Les petits avaient toujours faim. De plus, avec ces soldats français qui essayaient toujours d'en avoir plus ! De vrais *bedigasses*[1] !

Quand elle disait français, c'est que les Provençaux, dépouillés de leur langue par des lois agressives, ne se sentaient pas encore partie prenante de la nation française. La guerre était loin. Si ce n'était l'absence des hommes valides et les restrictions en certains aliments, comme le sucre, le café, le mas fournissait la viande, les légumes, une grande variété de fruits, du vin, des fromages de chèvre et même du froment. Alors français, Allemands, si c'étaient des travailleurs...

— Figure-toi, un dimanche, il y avait des saucisses pour midi. Le mas à côté avait tué le cochon et nous en avait apporté pour nous remercier de notre aide.

---

[1] vieille brebis têtue

Depuis le matin, Jean n'en finissait pas d'entrer et de sortir en chantant.

— Y'a de la faufife ! Y'a de la faufife.

Aux moments du repas, il avait calculé que son tour venant, il aurait le meilleur morceau étant placé devant. Or, le chef français était avant lui et ne se gênant pas, se leva pour piquer sa fourchette dans le morceau tant convoité par Jean. J'ai cru que mon fils allait s'étouffer de colère. Avec sa langue grasse, il cria.

— Mal poli ! Il a pris la plus grofe fofife. Elle n'était pas devant lui.

Ça n'a pas dérangé le malotru, mais l'un des Allemands, en riant, lui en a donné la moitié de la sienne.

— Il est un peu rondouillard, Jean, il ne mange pas plus que les autres. Ce qui lui fait profit, c'est ce qu'il rêve de manger.

Les parents étaient rendus dans la chambre des enfants. Les garçons dormaient dans le même lit. Les filles avaient chacune le leur. Le bougeoir à la main, le père se pencha devant le lit de la petite dernière. L'enfant avait rabattu son édredon sur sa tête.

— Regarde, papa t'apporte quelque chose à manger ! dit Marie.

L'enfant ne bougea pas. Intrigué, le père tendit la chandelle à sa femme, découvrit la petite et recula, horrifié, en criant.

— Oh la vilaine !

Marie, inquiète, se baissa, vit un drap souillé d'une étrange couleur marron, au-dessus de la frimousse coupable barbouillée de la même couleur. Elle arrêta de justesse la gifle que le père allait donner.

— Non Louis, ça sent la daube !

Elle éclaira le sol, poussa de son pied les 3 serviettes de table des grands. Toutes trois portaient les stigmates de la daube. Dans les deux autres lits, personne ne bronchait.

— Va, dit le père, ce sont de bons petits.

Le dîner de la comtesse

Le château recevait lundi, le préfet, le sous-préfet et leurs dames respectives. La comtesse, femme de cœur pleine d'idées avant-gardistes, s'était mise en tête de confectionner le menu elle-même.

« À la fortune du pot », avait-elle lancé à son comte d'époux toujours amusé des engagements de sa femme. Il est vrai que ce dîner était sans enjeu d'aucune sorte. Juste un moment de partage entre gens du même sérail.

Pour se perfectionner, ça faisait bien un mois que madame la comtesse faisait servir au repas un mets préparé par ses soins. Ce n'était pas toujours réussi, comme son soufflé au fromage qui manquait de sel et ressemblait plus à une crêpe, mais son dernier consommé de pointes d'asperges avait fait l'unanimité.

— Sérieux progrès ! avait même déclaré le comte.

De là à faire tout un repas avec seulement l'aide de la petite Suzon, leur cuisinière, le défi était de taille.

Le jardinier avait apporté un plein panier de tomates, courgettes, aubergines, poivrons. Il restait un gigot de mouton déjà cuit à la broche, moulinée, cela ferait la garniture de petits farcis, tout à fait acceptables. D'autant qu'une cane aux navets avait déjà été enfournée. Les petits crottins de chèvres dont raffolait le sous-préfet reposaient au frais dans le garde-manger et pour le dessert ? Et bien, elle verrait. Il y avait un choix intéressant de raisins, de poires, de prunes.

Il était 13 h. Madame prenait son thé sur la terrasse ombragée du château, quand elle entendit un bruit de tombée de casseroles, très vite suivi de cris aigus pleins de douleurs. Elle se précipita dans la cuisine. Suzon en pleurs se tenait debout devant un *pataquès*[1] de casseroles en tous genres en se tenant le bras. La pauvre petite gémissait.

— Je n'ai pas fait exprès, je n'ai pas fait exprès !

Madame qui avait été infirmière pendant la sale guerre en avait vu d'autres. En deux temps, trois mouvements, soigna, consola la blessée et l'envoya se reposer dans sa chambre sous les toits. Une fois cela fait, elle retourna sur la terrasse et but le reste de son thé froid, assise dans un fauteuil en osier.

— Bon, dit-elle tout haut. « Faut réfléchir, ma grande ! »

Cette dame était ce qu'on appellerait maintenant, une suractive d'un fort QI. Elle fit mentalement le tour des possibles et finalement sélectionna Marie, la femme de son régisseur.

---

[1] Tas de choses informes.

Seulement, elle était logée en bas du domaine à deux kilomètres et surtout Marie n'avait pas que ça à faire.

L'heure tournant, la comtesse s'engagea à pied sur la route qui menait au mazet.

Préparation d'un repas au château

Isabelle, dans la cuisine, avait juché sur une chaise Petit Guitou pour faire l'ourlet de sa nouvelle robe. Elle avait un mal fou à la faire tenir tranquille. En hauteur, l'enfant fut la première à voir la visiteuse.

— Y a une belle dame qui vient nous voir, dit-elle en pointant son petit doigt potelé vers le chemin.

Isabelle attrapa de justesse la petite et d'un ton las lui dit :

— Tu n'en as pas assez fait, aujourd'hui.

— Mais, regarde, insista l'enfant.

— Elle est un peu rouge.

La comtesse fut très vite devant la ferme. Et, s'approchant de la fenêtre ouverte, dit :

— Bonjour, les enfants, je voudrais voir votre mère.

Isabelle, confuse de s'être fait moucher par la pitchoune, passa une main vive dans ses cheveux :

— Bonjour, Madame la Comtesse, maman est en cuisine, les ouvriers ne vont pas tarder.

Puis, en se rajustant ajouta :

— Vous voulez un verre d'eau ou de lait ?

La comtesse connaissait les enfants de Marie. Isabelle, son aînée toujours parfaite et polie, l'espiègle Marius plein de gentillesse et de vivacité, Jean avec ses blagues et cette merveilleuse voix déjà bien posé pour son âge et la dernière : Petit Guitou.

— Merci, Isabelle, je prendrais bien un verre d'eau.

Marie avait entendu et venait au-devant avec le nécessaire. Elle le tendit à la comtesse.

— Vous avez fait le chemin à pied, que se passe-t-il ?
— Oh rien de grave.

Elle lui exposa la situation.

— Et bien, je peux vous aider après avoir servi les hommes, d'ailleurs les voilà.

Marie ce jour-là avait fait des alouettes sans tête avec des grosses pâtes. Le repas au chaud attendait au coin du fourneau. Louis arriva avec ses ouvriers et ses deux garçons qui rentraient de l'école. Après explication, Louis proposa à Marie de partir avec la comtesse.

Isabelle, Jean et lui-même se débrouilleraient.

Le père saisit la plus petite, la hissant sur sa chaise haute et lui dit :

— Toi tu surveilles, je te mettrai au rapport après.

Et les trois grands de fredonner :

« Petit Guitou soldat d'un sou ! »

— Et moi ? dit Marius.
— Viens avec nous, dit madame en se tournant joyeusement vers Marie.

Et les voilà partis en direction du château. Marie avait saisi un grand châle d'arlésienne et une veste pour le petit dans l'entrée. Elle avait tout glissé dans un grand cabas en ciré noir. Elle tenait son cadet par la main, pour qu'il ne perde pas la cadence. Madame marchait devant d'un bon pas. Cet intermède lui avait fait complètement oublié son canard aux navets dans le four de la cuisinière à bois. Elle s'en confia à Marie.

— De ce que vous m'avez raconté, Suzon n'est pas trop *escagassé*[1]. Elle a dû y penser, la rassura Marie.

— Espérons ! dit la comtesse avec un soupir.

Soudain, Marie lâcha un pet. Elle fit mine de rien. Marius s'exclama.

— *As peta maman !*[2]

Et comme sa mère se confinait dans un silence gêné, le gamin plus fort s'écria :

— Maman *as peta* !

Dans un grand éclat de rire, la comtesse décréta.

— Marie, il vaut mieux péter en compagnie que crever seul.

Tout d'abord interloqués, la mère et le fils rejoignirent la comtesse dans un fou rire qui leur coupa les jambes.

— Et ma cane ! Et mes petits farcis, hâtons-nous, mes invités ne sont pas aussi nature que vous, ma chère.

Ainsi ils étaient rendus au château.

Suzon remise de ses frayeurs s'activait dans la cuisine. La cane posée sur un coin de la cuisinière embaumait l'atmosphère et finissait de cuire. La

---

[1] Abîmé.
[2] Tu as pété.

jeune servante était justement en train de l'arroser avec le jus du fond de plat. Les trois cuisinières eurent tôt fait de préparer les petits farcis, pendant que Marius leur racontait les dernières aventures de sa chère petite sœur.

— Hier, elle avait disparu. Elle a de toutes petites jambes, mais qu'est-ce qu'elle va vite ! Un ouvrier l'avait croisée sur le chemin du *Gaudre*[1]. Elle poussait avec une baguette un troupeau de canards muets.

— Oh ! elle s'en sortait très bien, un vrai *tron de l'air*[2], disait-il.

— Jean et moi, en effet, on l'a trouvée assise sur le bord du canal. Les deux dernières portées de canards s'ébrouaient dans l'eau. On a eu toutes les peines du monde à les récupérer.

Jean l'a beaucoup grondée. Moi, quand je lui ai demandé pourquoi elle avait fait ça, elle m'a dit :

— Les canards, ils aiment l'eau, c'est toi qui me l'as dit. T'as vu comme ils étaient contents !

— Le pire c'est quand on l'a retrouvée en haut de l'échelle dans la grange à foin tout là-haut tu te rappelles maman ?

— Ho ! Que oui, elle avait à peine deux ans. Comment était-elle arrivée à tromper notre vigilance ? Jamais les autres ne m'ont fait si peur. On était en bas de l'échelle et on ne savait quoi faire. Finalement,

---

[1] Petit cours d'eau.
[2] Enfant dégourdi et décidé.

Jean est monté par l'échelle, et Marius est passé par le râtelier. L'un en haut, l'autre derrière ils l'ont récupérée. J'avais les jambes coupées. La voir là-haut, avec ses petites bouclettes blondes comme ma pauvre Margueritte. La comtesse qui ne connaissait pas toute l'histoire de la famille de son régisseur s'étonna.

— Mais, Petit Guitou s'appelle bien Margueritte ?
— Oui, c'est à cause d'une sœur de Louis, Margueritte. Comme ma première petite de trois ans était décédée du croup, elle nous a presque imposé que la dernière s'appelle comme elle. Cette belle-sœur aînée des filles Seguin, comme la tradition l'imposait a toujours été nommée, Seguine jamais Margueritte son véritable prénom. De plus, elle est vieille fille. Elle a pratiquement élevé Louis. Il n'a pas voulu la peiner.

Marius compléta.

— La petite sœur est morte par ce qu'elle n'a pas voulu mettre des bas, elle a attrapé froid.

Marie, se détournant pour essuyer une larme, ajouta :

— C'est ce qu'on avait cru avant de connaître le nom de cette maladie. Elle était si jolie, si vive.

Puis faisant face.

— Allons *zou*, votre souper est pratiquement terminé nous devons rentrer avant la nuit. Heureusement, la lune est claire ce soir.

Madame la comtesse qui s'était assise affichant un visage attristé se leva prestement.

— Marie, vous n'allez pas partir sans manger une assiette de soupe.

— Oh oui, dit le petit garçon.

— Moi ça ira, le petit, si vous voulez.

Suzon dégagea un bout de table encombrée d'épluchures, attrapa une grande assiette à soupe sur le râtelier du vaisselier. Elle servit généreusement au gamin, une grosse louche de soupe chaude. Sur le dessus en fonte de la grande cuisinière, à l'endroit le moins chaud, il y avait toujours un grand toupin plein. Marius, déjà attablé, eut tôt fait d'engloutir le brouet. Madame ravie de tant d'appétit lui dit :

— Elle est bonne ma soupe Marius !

— Oui madame, mais pas aussi bonne que celle de ma mère.

Marie fit les gros yeux, Suzon et madame rirent franchement.Pendant que Marie vêtit chaudement le petit, madame la comtesse lui demanda :

— Quelqu'un m'a dit que vous avez reçu du sucre d'Allemagne ?

— Oui, en effet. Un des prisonniers qui travaillait au mas a un oncle là-dedans et nous en a envoyés un gros sac par le train, avec une jolie lettre en français. Bien sûr, les mauvaises langues m'ont dit qu'il était empoisonné.

— Pourquoi le ferait-il ? Vous avez toujours été juste. Mon mari était ravi de vos décisions. Les soldats n'y sont pour rien. Un peu d'humanité fait du bien à tout le monde. Je voulais m'assurer que vous aviez du sucre.

— Oh plus qu'il n'en faut, déclara Marie en levant les bras.

— Alors, demain, je vous fais porter des coings avec la recette de la pâte de fruits. Ça vous plairait ? proposa la comtesse.

— Je n'en ai jamais fait. Mais tante Lisa, une autre sœur de Louis nous en a apporté ; son mari est négociant en vin, il a souvent des cadeaux de ses clients. C'est eux qui nous donnent le chocolat pour le goûter des enfants.

Et se levant prestement, elle rajouta :

— Bon, il faut y aller, je suis trop bavarde.

Les pâtes de fruits

Le lendemain, Marie et Isabelle, après avoir reçu un gros panier de coings de la part du château, passèrent quelques heures à préparer la pâte de fruits. Avant de la mettre à sécher, bien protégée de la poussière dans le grand garde-manger, elles découpèrent les bords proprement. Sur de belles tranches de pain, elles étalèrent la pâte encore chaude et appelèrent les petits pour le goûter. Les *galavards* ne se firent pas prier et engloutirent les tartines en se pourléchant les lèvres. Pourtant ils ne furent pas totalement satisfaits.

Une demi-heure après avoir regagné leur chambre, les parents et Isabelle qui avait le droit de rester lire plus tard, virent arriver les trois plus jeunes pieds nus, en chemises, les deux garçons poussant Petit Guitou devant leur mère.

— Dis-leur toi, dit Jean.

Et l'enfant aux yeux dorés d'une voix assurée leur dit.

— On n'a pas eu notre goûter !

— Ah bon ! dit le père.

— Comment ? dit la mère.

— Non, on n'a pas eu notre barre de chocolat, répondit très sûre d'elle la plus petite.

— Et vous n'avez rien mangé ? dit le père qui savait tout ce qui se passait dans sa maison.

— Oui.

Avança Marius en se tortillant.

— Et toi Jean, qu'as-tu mangé ?

N'y tenant plus, Isabelle lâchant son livre cria :

— *Es égao*[1]. On a passé un temps fou à faire les pâtes de fruits et ils ont eu de belles tartines avec des pâtes de fruits comme goûter.

— Mais pas de chocolat ! répondit la petite, effrontée.

Le père se leva. Marius, comprenant qu'il ne fallait pas insister, tira sa sœur vers la chambre. Jean avait déjà *pris la poudre d'escampette.*[2]

— C'est la plus petite et elle les mène par le bout du nez ; on n'arrête pas de la chercher, comment faire ? Les vendanges vont commencer, j'aide maman, on est que deux.

Isabelle vida son sac, les yeux secs. Ce soir-là, les parents prirent une décision. Ils allaient chercher un placement pour la petite *bouligon.*[3]

---

[1] Interjection c'est égal !
[2] Jean s'était sauvé en courant.
[3] Enfant qui bouge trop.

Une place pour petit Petit Guitou

Par ce joli matin d'automne, le petit cheval tirait la jardinière dans laquelle étaient installés sur le banc de conduite, Louis vêtu de ses habits de régisseur en velours et Marie endimanchée. Elle avait revêtu un joli costume d'arlésienne gris souris, surmonté de sa coiffe au ruban bleu canal. Chacun avait rempli déjà leurs tâches matinales.

Dans la soirée, la décision difficile, mais nécessaire avait été prise. Profitant du voyage en jardinière de Louis : Marie s'arrêterait au village pour rencontrer les *tatas*[1] susceptibles de garder Petit Guitou.

Louis descendait au champ de foire d'Arles pour recruter les saisonniers. Il lui fallait des vendangeurs, des aides-apiculteurs et, surtout des faneurs pour la dernière coupe de regain. Ce dernier foin profitant des nombreuses averses serait d'un très bon rendement. (Chaque saisonnier se reconnaissait par un signe distinctif propre à leur spécialité qu'il piquait sur leurs chapeaux. Petite grappe de raisin pour les vendangeurs, brindilles de foin pour les faneurs, épi de blé pour les moissonneurs).

La charrette s'arrêta à l'entrée du village.

Suzon avait donné une adresse de *tata* à Marie.

— Je repasse quand l'angélus sonnera, sois là.

---

[1] Nourrice, ou cantinière.

Il lui fit un signe discret de la main et, secouant les rênes, fit redémarrer la voiture. Marie trouva facilement le mazet.

L'état d'abandon du devant de maison la repoussant, elle se contraint à toquer à la porte. Une femme d'un âge incertain, en cheveux et caraco raides de crasse, lui ouvrit.

— C'est pour quoi ? lui dit-elle d'un ton railleur.

Méfiante et choquée, Marie put tout de même lui répondre.

— Je cherche une nourrice.

La femme se retournant lui dit.

— Attendez, j'en ai un qui *braille*.[1]

Marie n'avait qu'une envie, partir en courant. Jamais elle ne laisserait sa petite à cette femme.

Cette dernière réapparut avec sous son bras un gros bébé rouge emmailloté qui criait à s'étouffer. Elle rétablit prestement le nourrisson, le cala sur son bras et s'assit sur le banc de pierre devant la maison. Mâchonnant bruyamment, devant les yeux médusés de Marie, la tata cracha une bouillie repoussante dans sa main et la plaqua sur la bouche grande ouverte du bébé hurleur.

N'en supportant pas plus, Marie s'enfuit, retenant sa nausée.

Elle arriva essoufflée devant le portail des Cartier. Elle n'hésita pas à tirer la sonnette, sachant que tante

---

[1] Crier.

Lisa, sa belle-sœur la recevrait avec gentillesse. En effet, elle venait à sa rencontre le visage inquiet.
— Que se passe-t-il ?
Demanda Lisa
Marie s'écroula dans ses bras en pleurs.
— Rentrons, tu vas me dire.
Et prenant sa belle-sœur par le bras, Lisa l'entraîna à l'intérieur. Les deux femmes s'aimaient beaucoup. Des joies et de terribles drames les avaient rapprochées.
— Marie c'est si grave ? la questionna Lisa.
— Excuse-moi Lisa, tout le monde va bien. Mais c'est cette femme dégoûtante. Je dirai même une *bordille* ![1]

Et elle lui raconta sa mésaventure. Lisa était dotée d'un caractère enjoué. Elle n'en rit pas, comprenant le dégoût et surtout la déception de sa belle-sœur.
— Je vais nous faire un bon café et on va en parler, conclut-elle.

Lisa ne prenait jamais ses neveux dans sa grande et belle maison, évitait de se retrouver avec eux, avait refusé d'être marraine. La moindre frimousse lui tirait les larmes des yeux, mais elle veillait à ce que la famille de son frère Louis ne manque de rien. Ce jour-là, elle proposa une solution à Marie.
— Vous ne pouvez pas garder Guitou, j'ai bien compris. Il y a une pension tenue par deux

---
[1] Très très sale.

demoiselles qui vient de s'ouvrir pas loin de l'église. Ne vous inquiétez pas du prix. Si tu veux, nous allons nous y rendre.

Ainsi le sort de Petit Guitou se décida.

Le vélo

Marie avait trouvé la pension bien tenue, mais soupçonneuse, elle avait obtenu de pouvoir passer dès que ses nombreuses occupations le lui permettraient.

Louis s'aperçut très vite de la nervosité de sa femme qui guettait les rares voitures à cheval passant sur la route pour les emprunter et aller voir sa petite. Ne négligeant pas son travail, mais houspillant Isabelle sans raison.

Un soir, il revint avec un vélo. Marius, qui en avait déjà enfourché un, montra à sa mère comment se tenir dessus : chose peu aisée pour Marie avec ses jupons, robes, tabliers qui lui descendaient jusqu'aux pieds.

Toute la famille s'y mit. Isabelle, qui avait aussi un don pour la couture, raccourcit le bas des vêtements, Jean soutenait sa mère physiquement sur la selle du vélo et Marius inondait sa mère de conseils avisés :

— Redresse-toi, on dirait que tu es sur un pot de chambre ! Ne regarde pas ta roue, vois plus loin, appuie sur ta pédale !

Il fallut plusieurs séances d'apprentissage à Marie pour qu'elle goûte enfin aux joies de la petite reine.

Les garçons aussi profitèrent de la bicyclette, en se rendant soudain disponibles pour la moindre course de quelques kilomètres.

Guitou avait 5 ans, elle n'avait pas pleuré quand elle avait réalisé qu'elle resterait à la pension. Étant là aussi la plus jeune, elle fut vite entourée, même chouchoutée par les autres fillettes.

Maman passait la voir très souvent et lui apportait des douceurs. Surtout, elle partait sur le porte-bagages du vélo tous les samedis pour revenir le dimanche soir.

Marius le malin

La plupart du temps, c'était Marius qui assurait les trajets du pensionnat vers le mazet, et les deux enfants prenaient le chemin de traverse.

Le jeune garçon connaissait tous les arbres fruitiers débordant des riches propriétés sur les chemins communaux. Il descendait du vélo, attrapait Guitou, la juchait sur ses épaules et, en riant, les deux enfants se remplissaient les poches de fruits de saison : poires pommes, figues, jujubes, grenades, amandes, noix. Les parents n'eurent jamais vent de ses innocents chapardages, par contre quelqu'un les alerta sur les escapades de Marius.

Un voisin vendit la mèche.

— Ton Marius, il fréquente les petits Gaillards.

— Je ne connais pas, dit Marie.

— Une famille qui vient du nord de la France. Le père travaille aux carrières des Baux et sa femme se fait embaucher dans les mas. Ils ont cinq garçons livrés à eux-mêmes, continua l'homme.

— *Vail,*[1] il faut bien que les parents travaillent pour les nourrir, pense ! Cinq *drôles*[2]. Mais Marius, je sais où il est.

— Peut-être, mais ma sœur l'a vu avec ces drôles qui volaient des pommes chez Julie.

---

[1] Allez.
[2] Garçon.

À ce moment précis, Marius arriva d'une course en vélo. Marie l'apostropha.

— Et, Marius, monsieur me dit que tu volais des pommes chez Julie.

L'air surpris, le gamin arrêta son vélo, mit un pied-à-terre et répondit d'un ton calme.

— Oh non, man !

— Comment ? La sœur de monsieur t'a vu avec les petits Gaillards.

Toujours imperturbable.

— Ils me les donnaient et moi je les mettais dans le panier. Moi je n'ai pas volé.

Sur ce, il fit un charmant sourire, donna un coup de pédale et partit.

— Ah ! dit Marie. Je savais que mon fils n'était pas un voleur. C'est difficile de lui interdire de fréquenter ces petits, ils vont tous à la même école.

Puis plus bas, mais assez pour que l'homme entende.

— Quand il la trouve l'école.

Et plantant là le rapporteur, elle partit vaquer à ses nombreuses tâches.

L'homme, interloqué, tournant casaque, marmonna dans sa barbe.

— On peut tout en dire, mais on ne veut rien en savoir.

Marius n'aimait pas l'école. Il s'y ennuyait ferme. Il préférait jouer avec sa petite sœur, aider au mas et surtout s'occuper des chevaux. Il n'avait pas son pareil pour calmer le plus rétif des canassons.

Comme tout se savait au pays du mistral, la vieille Louise vint lui demander :

— Et ! *Beu drôle*[1], il paraît que tu t'y connais en bêtes.

— Ça dépend de quelles bêtes !

— J'ai une mule.

— Ça, ce n'est pas facile.

— Elle est brave, Pépète, mais elle cale devant le pont de Trinquetaille.

— Et bien, n'y allez pas, ma pauvre.

— Je t'explique : je fabrique de la limonade que je livre juste derrière ce fameux pont.

— Je vois.

— Alors, comment je fais avec cette *garce* ?

Marius, passant un doigt sous sa casquette, se gratta le cuir chevelu.

— Les mules, si ça ne veut pas, ça ne veut pas ! Il y a peut-être une solution.

— Dis-moi.

Se redressant, il mit sa main sur son cœur.

— Moi, je peux lui faire passer le pont.

— Vraiment ?

— Si je vous le dis ! Mais sans vous.

— Et où je serai ?

— Déjà de l'autre côté.

---

[1] Beau garçon.

— Ah, je comprends, elle a peur de moi.
— C'est vous qui le dites.
— Bon. Je te donne trois sous pour le service.
— Quatre et je fais traverser Pépète et le chargement.
— Ça va sans dire.

Le jour dit, Pépète, remorquant la charrette à ras bord pleine de bouteilles de limonade, trottinait allégrement vers le pont de Trinquetaille. Marius avait attaché à l'arrière du véhicule son vélo prétextant une course à faire pour sa mère. Louise tenait les rênes et discutait avec Marius.

— Tu vois, elle avance bien ma Pépète.
— Je vois, elle semble docile.

Pourtant quand ils arrivèrent devant le fameux pont, la mule s'arrêta.

Louise eut beau la houspiller, rien à faire. Couchant ses oreilles en arrière, Pépète s'autorisa même un long braiment.

— Voilà, je te l'avais dit !

Marius lui prit les reines des mains

— Allez de l'autre côté et, quand vous y serez, agitez votre mouchoir et veillez à ce qu'aucun véhicule ne s'engage avant que je passe. Je dis bien *dégun !*[1]

Louise fronça les sourcils inquiets, mais Marius lui fit un geste d'impatience.

---

[1] Il faut qu'il n'y ait personne.

— Allez ! On ne va pas y passer la journée.

Louise venait juste de ranger son mouchoir quand un bruit de pétarades la fit bondir sur place, et elle vit arriver Pépète lancée au triple galop, surmonté de ce diable de Marius debout, les rênes serrées dans un poing, l'autre en l'air tenant une... aiguille à tricoter.

Incroyablement, l'attelage s'arrêta une fois passé le pont. Les quelques badauds qui accoururent, inquiétés par les bruits, une fois remis de leur stupéfaction, applaudirent de bon cœur.

Ce ne fut pas le cas de Louise, ne partageant pas l'enthousiasme de l'assemblée, furieuse, elle apostropha le jeune homme.

— Mon chargement est foutu, bougre de *couillon* !

En effet, les forts tressautements de la charrette sur une voirie cahotante avaient mis à mal le fragile chargement : les bouteilles de limonade qui ne s'étaient pas cassées avaient explosé.

Sautant prestement du chariot Marius lui répondit :

— Vous m'aviez demandé de faire passer la mule et le chargement, pas de quelle façon et sans dommage, alors donnez-moi mon dû.

Devant les gens hilares, Louise ne put que s'exécuter. Elle ne le regretta pas, car Pépète ne montra jamais plus de résistance pour passer le pont de Trinquetaille.

Une drôle d'éducation

Maintenant que Marie se débrouillait bien en vélo, tous les prétextes étaient bons pour qu'elle aille voir Guitou.

Ce matin, elle arriva tôt au pensionnat. L'enfant se frottait les yeux en bâillant. L'attirant sur ses genoux, Marie l'embrassa, et inquiète, lui demanda :

— Tu as l'air bien fatiguée, tu es malade ?

— Non pas malade, mais mal dormi avec ces galoches, répondit l'enfant en bâillant.

— Comment, ces galoches ? s'étonna la maman.

Se frottant les yeux d'un air évident, l'enfant expliqua.

— Je ne suis pas arrivée à défaire le nœud de mes chaussures, alors la dame m'a dit de dormir avec.

La fameuse dame venait de surgir, et bredouilla.

— Nous n'avions pas le temps de les défaire. Tous les soirs, c'est pareil.

Marie s'était levée et serrait sa petite dans ses jupons. Toute blanche, elle était prête à se fâcher quand l'autre la prit de court.

— Ça ne se reproduira plus, nous avons beaucoup de satisfaction avec votre petite. Elle est si attachante !

S'apercevant de ses mauvais jeux de mots, la demoiselle se mordilla les lèvres

— Excusez-moi, dit-elle.

Marie avait déjà ouvert la porte et s'était éclipsée avec sa fille serrée contre elle.

Une fois dehors, elle reprit ses esprits. Elle entraîna l'enfant vers l'allée des pins, trouva un banc, s'assit et prenant les mains de Guitou, plongea dans ses yeux mordorés.

— Dis-moi ma mignonne, ils te battent ?
— Oh non, maman !
— Tu manges bien.
— Oui.
— Tu ne pleures pas ?
— Non.
— Tu veux y retourner ?
— Comme tu veux, maman.

Marie poussa un gros soupir.

— Bon, allons-y alors, mais si elles font leur *bédigas*[1] tu me le dis. Tante Lisa n'a pas voulu me dire combien elle payait, mais je pense que ce n'est pas donné.

Il n'y eut plus d'autre problème. Guitou grandissait. Semblait s'assagir.

Isabelle s'inquiéta un jour que sa petite sœur ne sache pas encore lire à six ans. Marie en fit part à la directrice de l'établissement.

Un samedi matin, alors que Marie venait chercher Guitou, elle vit arriver Guitou serrant sur son cœur un petit livre.

---

[1] Niaise.

Marie lut sur la couverture le titre « les lettres de mon moulin de Daudet ».

— Écoutez votre fille comme nous lui avons bien appris à lire ! se rengorgea l'accompagnatrice.

L'enfant s'assit sur le tabouret que lui désignait la dame, ouvrit le petit ouvrage, regarda les deux femmes, baissa les yeux sur le livre et d'une voix claire, au débit fluide et chantant, déclama.

— Comme elle était jolie...

Cela dura trois minutes.

Pas une fois, l'enfant ne leva les yeux ni ne tourna une feuille du livre.

Marie regarda la directrice qui affichait un sourire satisfait presque béat.

Marie doucement vint se placer derrière la soi-disant écolière. Elle se pencha et très vite se releva.

Elle regarda bien en face la femme un peu intriguée, et lui dit.

— Elle lit même à l'envers !

Guitou ferma le livre et, souriante, dit.

— Je lis par cœur maman.

Là, c'en était trop.

Le soir même, Guitou revenait au mazet.

La demande

Isabelle eut beaucoup de chagrin quand elle apprit le décès de son cousin.

Une balle perdue le dernier jour de la sale guerre lui traversa le cœur. À peine remise de la grippe, elle n'avait plus le goût de vivre. Marie cherchant à la distraire, l'envoyait souvent faire les courses, surtout acheter la viande chez Ange à Arles.

Le jeune patron venait d'être démobilisé. Son regard si pétillant s'était terni, sa haute stature, voûtée, et son débit de paroles devenait saccadé chaque fois qu'il devait répondre à un client. Parfois même, il quittait précipitamment le magasin laissant le travail à ses employés de moins en moins surpris.

Ce jour-là, quand Isabelle rentra dans son échoppe, il eut un pâle sourire et lui dit :

— Si vous avez la patience de m'attendre, je dois aller au château et je vous déposerai chez vos parents.

Étonnée, Isabelle lui rendit son sourire et lui répondit affirmativement.

Ainsi, partit-elle dans la jolie calèche attelée d'un fringant petit cheval pommelé.

En chemin, ne quittant pas la route des yeux, le jeune homme lui dit.

— J'ai appris pour votre cousin, vous l'aimiez beaucoup ?

— Oui, j'étais sa marraine de guerre, répondit tristement Isabelle.

— Ah bon, vous comptiez vous marier ?

Comme la jeune fille, surprise par une telle intrusion dans sa vie privée, ne lui répondait pas, il rajouta dans un débit incroyablement rapide, toujours sans la regarder.

— Excusez ma curiosité, j'ai 28 ans et j'ai vécu cette horreur de guerre. J'ai même reçu en pleine poire les gaz moutarde. Je suis vivant, mais à quel prix ? Je veux passer à autre chose.

Il tira doucement, mais fermement, sur les rênes de son cheval.

La calèche s'immobilisa. Il se tourna vers la jeune fille de plus en plus surprise, lâcha ses rênes, se tourna vers elle, prit les mains menues dans les siennes et la regardant cette fois bien en face lui dit.

— Isabelle, voulez-vous m'épouser ?

Le prétendant attendit trois ans. Trop de drames avaient endeuillé le village et la future n'avait que 17 ans.

Isabelle avait retrouvé son allant. Elle allait être la patronne d'une des plus belles boucheries d'Arles. Son promis la couvrait de présents. Elle continuait d'aider au mas et toutes ses soirées, elle préparait son trousseau, ce qui n'était pas une mince affaire.

Heureusement, depuis le début du siècle, ce trousseau ne concernait plus que le linge de maison :

Il fallait tout de même couper, façonner et surtout broder aux initiales des *novis* tous les linges concernant la literie, la table, la cuisine, les mouchoirs. Isabelle rajouta des serviettes de toilette et un très joli édredon en piqué bleu.

Préparation d'un pique-nique

C'était jour de lessive. Depuis que la famille résidait au Mazet, les femmes bénéficiaient à proximité de leur logement d'un lavoir privé, surtout, pour faire bouillir le linge le nécessitant, bien abrité sous un auvent, un grand fourneau à bois surmonté d'une énorme lessiveuse. Marie et ses filles, en bras de chemise, les robes retroussées et accrochées à leur tablier, les cheveux débordants des coiffes, suspendaient le linge bien blanc sur les fils prévus pour.

La comtesse, arrivée au petit trot sur une très jolie jument grise, les voyants si appliquées, les apostropha en riant.

— Que vous êtes belles mesdames, on dirait un tableau vivant !

Marie, finissant de bien tirer les pans d'une chemise, se retourna et très bas dit :

Nous n'avons pas les mêmes valeurs.

Puis plus haut.

— Allez, les filles, madame a sûrement besoin d'un verre d'eau.

Sautant de sa monture, la comtesse venait vers elles, quand surgit d'on on ne sait où Marius. Il attrapa les rênes du cheval et faisant une révérence exagérée dit :

— À votre service madame, je me charge de votre monture.

— Guitou applaudit en riant, pendant que sa sœur et sa mère, s'essuyant les mains sur leur tablier se pressaient vers le mazet.

— Mais non Marie, je n'ai pas besoin de boire !

Marie, stoppée dans son élan, se retourna. Isabelle continua vers le mazet.

— Excusez-moi, madame la comtesse, je suis un peu *dévariée*[1] en ce moment.

Les deux femmes se regardèrent, puis la comtesse releva la main et fit signe à Marie.

— Asseyons-nous, voulez-vous, là sur ce mur de pierres.

Et elle s'assit.

— Mais madame, je n'ai guère le temps !

— Allons, Marie, je suis venue vous parler d'un projet de pique-nique.

Marie concéda à se rapprocher, mais ne s'assit pas.

— Voilà Marie. Nous avons un ami, un homme de lettres qui vient de la capitale et qui ne connaît pas les Saintes-Maries de la mer. Monsieur le comte, mon très cher époux propose que nous y organisions un pique-nique.

Petit Guitou, intriguée, s'étant approchée très près de la comtesse, l'interrogea :

---

[1] Troublé

— Bonjour, madame la comtesse, c'est quoi un piquage ?
— Oh bonjour, Petit Guitou, dit en lui souriant la comtesse.
— J'ai 7 ans maintenant, on m'appelle Guitou, dit la petite très sérieusement.
— Bien.
Et détachant bien les consonnes, la comtesse répondit à l'enfant.
— Un pique-nique, c'est un déjeuner sur l'herbe.
Mais il n'y a pas d'herbe aux Saintes, il n'y a que du sable, hein, maman, tu me l'as dit.
Marie attrapa l'enfant par les épaules.
— Tu embêtes madame la comtesse avec tes questions !
— Non, Marie, ça me fait plaisir de lui répondre, la curiosité n'est pas un défaut, au contraire. Mais vous le savez, Marie, sinon vos enfants ne seraient pas si intelligents.
Marie, bien embarrassée par les flatteries, réussit à dire.
— Alors ce pique-nique, que voulez-vous que je prépare ?
Se redressant, la comtesse qui connaissait la basse-cour lui dit.
— Il y a bien des petits coquelets de 4 mois ?
Toujours très attentive, Guitou, les yeux brillants, dit :

— Plein, même des petites poules. C'est moi qui leur donne du grain.

Isabelle arrivait avec un plateau chargé de verres remplis à ras bord. Elle posa le tout sur le côté du banc libre, attrapa sa sœur par la main et la poussa vers le mazet énergiquement.

— Allez, Margueritte, nous avons encore du travail.

Madame la comtesse, souriante, rajouta :

— Quelle jolie jeune fille et alors, elle sait mener son monde, prête à marier.

— Ah vous ne croyez pas si bien dire !
— Non, déjà ?
— C'est ça qui me fait soucis.
— Racontez-moi Marie !
— Je ne veux pas vous embêter !
— Que non, ça m'amuse.

Marie se raidit. Elle lui aurait bien fermé son caquet à cette comtesse, mais c'était la patronne, Louis le lui rappelait souvent. Comment ? Ses soucis l'amusaient !

Regardant ses pieds, elle lui dit.

— Bon, il y a des coquelets en effet.

Un peu sur sa faim, la comtesse n'osa pas insister.

— Il faut en faire cuire six, pas très gros.
— Pour les manger aux Saintes ?

S'étonna Marie en levant la tête.

— Oui avec un gros pain ça sera parfait. Le jardinier m'a déjà porté de belles tomates et mon époux se charge du vin. Nous allons chez le marquis, il y aura sûrement d'autres mets.

— Mais madame, on est en juin ! La viande va tourner !

— Vous me les mettrez une fois cuits dans des serviettes, puis dans un grand panier.

— Mais !

Avança encore Marie.

— Ah ! J'oubliais. Il faut aussi les entourer de paille.

— Avant la serviette ?

— Mais non Marie, après, la paille, ça protégera contre la chaleur !

Médusée, Marie ne dit plus mot.

Elle allait partir, quand la comtesse l'apostropha.

— Ne vous inquiétez pas, Marie, j'ai lu cette méthode dans un de mes magazines. Allez, buvez un peu d'eau, vous êtes toute rouge !

Marius monté sur la jument grise arrivait au petit trot.

Il sauta prestement de la monture.

— Voilà, je l'ai un peu bouchonné. Elle est magnifique.

Et il tendit les rênes à la comtesse.

Le regard brillant, cette dernière dit au jeune homme :

— Tu aimes bien les chevaux ?

— Oh oui !

— Tu sais que nous connaissons le marquis de Camargue.

L'intérêt du garçon se lut sur son visage.

— Ah bon ! le marquis de Baroncelli !

Marie écoutait un peu inquiète.

La comtesse soudain excitée comme une puce fit volte-face devant Marie.

— Mais oui, je viens d'avoir une idée ! Si vous veniez avec nous aux Saintes !

— Mais nous...

Avança Marie.

— Je sais, la coupa la comtesse. Vous avez du travail.

La comtesse, debout, un peu plus colorée, faisait à toute allure ses plans. Puis, très vite, les exposa :

— Bon, vous et les filles vous prendrez la jardinière.

Et se tournant vers Marius.

— Tu la conduiras.

Marius s'amusait. Sa chère mère au visage pâle, étonnée, contrastait avec celui de la comtesse de plus en plus rosée par l'excitation.

— Mais Louis et Jean ?

— Notre cher régisseur restera avec Jean, on ne peut pas les enlever à leur travail.

Sentant l'énervement monter chez sa mère, Marius s'approcha d'elle et l'entourant d'un bras protecteur, dit :

— C'est toi qui décides, man, mais ça nous ferait à tous plaisir, Guitou n'y est jamais allée.

Sans attendre la réponse, la comtesse fit un geste à Marius.

— Allons, c'est conclu, aide-moi à remonter sur ma jument.

Sur la route des Saintes-Maries de la mer

Et ainsi, à l'aube d'une belle journée de juin, caressée par un petit vent de la mer, la calèche rutilante des messieurs dames du château, suivie de la jardinière rustique du personnel, prit la route des Sainte-Marie de la mer.

À la sortie du village, ils croisèrent une partie des villageois, qui la faux ou le râteau sur l'épaule, qui portant les paniers, se dirigeaient vers les prés de fauches. À l'unisson, les occupants de la jardinière leur crièrent joyeusement :

« On va aux Saintes ! On va aux Saintes ! »

Comme l'invité s'en étonnait, la comtesse expliqua.

— C'est comme un jeu. Partir aux Saintes pour eux, c'est comme aller aux Amériques pour nous. C'est le bout de leur monde.

Guitou, assise bien droite sur le banc de conduite à côté de Marius, ne cessait de s'émerveiller. L'enfant ne connaissait que le Mazet, le village et les collines. Elle adorait courir sur les chemins poudreux, faire des bouquets de plantes dures, mais combien odorantes pour les ramener à sa mère ! Mais là, tout était merveilleusement différent. La campagne s'étalait à perte de vue dans une platitude juste ondulée de traits de roseaux, d'arbustes rabougris. Le ciel d'un bleu soutenu, s'appuyant de toute son immensité sur un sol craquelé, zébrait l'air d'étranges vibrations. Et merveille des merveilles, de gros canards blancs au long cou courbé glissaient majestueusement sur des lagunes ; décors de début du monde.

Tendant son petit doigt, elle criait.

— Regardez comme ils sont beaux et gros ces canards !

— Ce sont des cygnes Guitou.

Expliqua posément Isabelle.

Des troupeaux de petits chevaux clairs, lancés au galop, craquèrent les flaques d'eau stagnante. Dans ces éclaboussures de traits d'argent jaillirent des envolées rosées d'oiseaux majestueux, malgré leurs silhouettes étranges.

— C'est beau, c'est beau, et ceux-là sont encore des cygnes ?

— Non des flamants roses.

Répondirent ensemble Marius et Isabelle.

Le plaisir de l'enfant ricochait sur le sourire de tous. Elle avait promis de se tenir tranquille, mais, Isabelle à portée de bras se tenait tendue vers sa sœur, prête à la rattraper.

Marius, sous son grand chapeau de paille, plissait les yeux. Il n'y avait que lui qui avait vu une masse noire et compacte, avancer pesamment, mais, sûrement en direction des deux voitures.

— Tenez-vous ! cria-t-il.

Isabelle fit dégringoler sa sœur dans ses bras, tira sa mère contre elle. Debout, Marius fouettant son cheval, doubla l'élégante calèche et avec force gestes et cris, leur signifia de s'arrêter et se garer.

Heureusement, un terre-plein facilita la manœuvre. Les occupants, médusés, virent débouler sur la route un troupeau de taureaux au pelage noir et brillant.

Derrière venaient les gardians, sorte d'hommes centaures, armés de longs tridents. Tout cela, dans les cris des hommes et beuglements des bêtes.

Les voyageurs des deux voitures ne pipaient mot, quand la voix fluette de Guitou, se dégageant des bras encore serrés de sa sœur, se fit entendre.

— Oh là, j'ai tout *estragassé*[1] ma belle robe.

La stupeur fit place à un énorme fou rire.

Monsieur le comte vint féliciter Marius. Madame la comtesse renchérit.

— Vous voyez mon cher, heureusement que nous avions nos gens.

L'invité, qui se dégourdissait les jambes dit :

— Vos gens, comme vous y allez, chère comtesse, à entendre et voir un peu de leur vie, je dirais : et se tournant vers la jardinière.

— Vous êtes des éveillées et pas des moindres. Merci, vous nous avez sauvés. J'ai encore de quoi écrire.

---

[1] Sali, abîmé.

Et tout le monde repartit.

Il fallut bien quatre heures, avant de voir surgir, se découpant dans un ciel très bleu, la basilique claire.

Guitou, qui était à nouveau assise à côté de Marius, tapait dans ses mains.

— On est arrivés aux Saintes, on est arrivés aux saintes.

Les deux voitures entrèrent au pas, dans le petit village.

La jardinière restée prudemment devant s'arrêta sur la place de la basilique.

Les Saintes

Le pèlerinage des gitans venait de se finir, mais il traînait encore cette ambiance de fêtes colorées et bruyantes des gens du voyage.

Monsieur le comte, resté à la commande de la calèche, se tourna vers les autres occupants.

— Évitez les gitanes, elles vous dépouillent avant même de les avoir regardées !

Sur le parvis de la basilique, quelques diseuses de bonne aventure, assises sous un micocoulier, se levèrent dans un tourbillon de volants colorés. Elles se précipitèrent vers les occupants de la jardinière. Marie, descendue prestement, un grand sourire aux lèvres, allait au-devant des gitanes et s'ensuivirent des embrassades bruyantes.

Madame la comtesse, abasourdie, tapa sur l'épaule de son époux.

— Ne me dites pas que c'est possible ce que je vois !

Le comte, étonné, mais souriant, la réconforta.

— Hé bien oui, ces gens se connaissent.

— Et s'apprécient, ajouta l'invité, ravi.

Isabelle tenant Guitou par la main s'avançait vers la calèche.

D'un air un peu pincé, elle dit :

— Madame, nous connaissons cette famille. Maman a aidé la mère à accoucher.

— Ah, vous m'en direz tant. Et quand ?

— C'était, je crois, avant la naissance de Guitou. Nous étions dans un mas à côté des ruines de l'aqueduc romain.

Madame poussa un soupir de soulagement, et se tournant vers le comte.

— Avant de venir chez nous et...

Un bruit de galop assourdit le reste de sa phrase. Une troupe de cavaliers entoura la calèche, le comte tira sur les rênes de son attelage, ses chevaux affolés firent un écart le déstabilisant. Marius, sorti d'on ne sait où, avait déjà saisi l'attelage et stabilisé les chevaux.

Le comte, sa dame et l'invité, se retrouvèrent écroulés, pêle-mêle au fond de la calèche, les robes amples de madame largement retroussées sur ses jolis dessous de dentelles. Prestement, le comte se dégagea et remit de l'ordre dans les froufrous de sa femme. Une fois remis de leur frayeur, tout ce beau monde s'époussetant et toussant mit pied à terre dans un grand nuage de poussière.

— Merci Marius, vous nous avez encore sauvé la vie ! dit le comte.

Les cavaliers descendirent de leur monture. L'un d'eux, plus imposant que les autres, costumé comme un cow-boy d'Amérique, le visage rieur sous son grand chapeau, les apostropha gaiement.

— Bienvenue en Camargue, chers amis !

Remettant ses jupons en place à grands coups de gestes désordonnés, le regard furibond, madame la comtesse cria presque :

— Mais on est chez les sauvages !

L'invité vint lui porter secours.

— Chère amie, vous n'êtes pas blessée ?

— Il m'en faudrait plus !

— Alors tout est bien, conclut le comte.

— Notre cher marquis va nous montrer où installer notre fameux pique-nique.

Sur un geste du marquis, les gardians enfourchèrent leur monture et aussi bruyamment qu'à l'arrivée, disparurent dans un nuage de poussière. Le marquis, s'approchant, prit une main de la comtesse pour la baiser. Celle-ci retira vivement sa main.

— Ne pensez-vous pas que ces salamalecs sont plutôt incongrus dans cette atmosphère ?

C'était pour ses revirements de bon sens bien loin de son éducation, toujours inattendus, que la plupart des gens de son entourage appréciaient cette dame. Même Marie, toujours sur son quant-à-soi, n'y résistait pas. Toute l'assistance affichait un visage rieur.

— Bon alors, montrez-nous, cher marquis, dit impatiemment la comtesse.

— Avec toutes ces émotions, j'ai une faim de loup !

— Excusez-moi !

La plus âgée des gitanes s'était avancée vers le comte.

— Si votre grâce veut s'en donner la peine, venez au camp.

La comtesse jeta un regard inquiet vers son mari.

— C'est très gentil, Carmen, s'interposa le marquis.

— J'emmène tout le monde au mas de l'Amarée.

L'œil de la gitane se fit sombre.

— Tous, dit-elle.

— Hé bien expliquez-vous Carmen, nous sommes toujours en bonne intelligence vous et moi.

La gitane s'adoucit.

— C'est-à-dire, ça fait longtemps que je n'ai pas vu Marie.

— Bon Marie, ça vous ferait plaisir ? interrogea le comte.

— Oui, mais je ferai comme il vous plaira.

— Marius nous a sauvés deux fois aujourd'hui, alors je vous donne votre journée.

— Je vous amène les paniers.

Et joignant la parole aux gestes, Isabelle transporta le fameux pique-nique dans la calèche.

— Mais les coquelets ? s'inquiéta Guitou.

— Oh ! dit sa mère souriante.

— Carmen a sûrement de quoi.

Et chacun partit de son côté.

La prédiction

Quelques gitanes avaient pris place dans la jardinière. Une fois éloignée, voyant la mine renfrognée de sa benjamine, Marie s'expliqua.

— De toute façon, je vous aurais interdit d'en manger des coquelets. Pensez, depuis le matin, même dans sa paille, ça va être tourné cette viande !

— Et qu'est ce qu'on aura à manger ? s'exclama Marius.

— Du pain, des tomates, je sais moi, mais sûrement pas ces poulets.

— Moi j'ai mieux, dit Carmen. Un ragoût de hérissons.

— Vraiment, vous dites ça pour nous effrayer, dit Isabelle.

— Non, ma chère sœur, moi, j'en raffole.

— Moi je veux bien goûter, mais sans les piquants, ajouta Guitou.

— On ne mange pas les coquilles des escargots, alors c'est pareil, la rassura son frère.

Le retour sembla plus rapide. Guitou s'était endormie dans les bras de sa mère. Elle avait couru toute la journée au grand soleil avec, une bande de petits gitans dépenaillés et rieurs. Toute la famille s'était même baigné les pieds dans la Méditerranée. L'expérience avait tant séduit les deux sœurs, qu'elles avaient, de concert, décidé d'habiter un jour près de la mer.

— Alors ? questionna Marie. Isabelle, tu as passé une bonne journée ?

Isabelle, qui avait pris place à l'avant, tourna un visage songeur vers sa mère.

— Oui

— Mais encore.

Insista sa mère.

— Et bien, c'est la vieille Maria qui m'a dit des choses.

— Ah bon, quoi ?

— Elle a d'abord lu dans la main de Guitou puis dans la mienne.

— Faut pas les croire. Pour ma part, ça me rentre par une oreille et ça sort par l'autre, dit Marius.

— Mais, dis-moi, insista Marie.

— Je te le dirai quand nous serons au mazet.

— Isabelle, ne fais pas de cachotteries, tu m'inquiètes.

— Pas de quoi, renchérit Marius.

— Mère, vous n'allez pas accorder de l'importance à ces balivernes.

— Non, non. Mais, tout de même, je ne veux pas que ça la dévarie.

— Je ne suis pas inquiète, maman, je te dirais même ; que ça me fait rêver !

— C'est de ton âge, ma grande, toi si sage, ça me fait plaisir de te savoir rêveuse. En attendant, nous voilà presque arrivés au village.

Guitou ouvrit un œil, puis se redressa en s'étirant comme un chat.

— On est déjà arrivés ? bâilla-t-elle.

Le soleil, lui aussi, finissait sa course. Au loin, le couchant rosissait les murs des maisons. Sur le bord de la route, un groupe de travailleurs, peut-être le même qu'à l'aller, se rangea sur le bas-côté pour laisser passer l'équipage. Guitou leur fit un signe un peu mou, et dit d'un ton las.

— On revient des Saintes !

Devant le Mazet, Jean, assis sur le banc de pierre, à côté de son père, se leva à leur arrivée.

— À peine ! Vous en avez mis du temps ! dit-il d'un ton de reproche.

— On a fait manger les travailleurs, mais on vous a laissé le rangement.

Marie, d'un geste las, leur lança :

— Ça ira, je vais le faire.

Et se tournant vers ses enfants :

— Vous pouvez aller vous coucher, une journée de congé c'est encore plus fatigant que de travailler.

Isabelle ne se fit pas prier. La journée dans l'air marin, le voyage et surtout la prédiction de la vieille gitane la poussèrent à rejoindre son lit.

— Moi, je peux t'aider, dit Guitou, bien éveillée.

— Si tu veux, mais, tu fais attention de ne rien casser.

L'enfant sautillante rentra dans le mazet. Marius détachant les chevaux questionna son frère.

— Et la calèche, elle est rentrée ?

— Non, je suppose que le marquis les a gardés pour la nuit.

— Espérons.

— Pourquoi ? l'interrogea son aîné, toujours à l'affût d'une histoire distrayante.

— Je te raconterai, mais pour l'heure, il faut encore que je m'occupe des chevaux.

La mère et sa benjamine eurent tôt fait de tout ranger. Marie tenta en vain de connaître la prédiction. L'enfant ne voulut rien dire.

— Je n'ai pas tout compris. Isabelle m'a interdit de le dire, se justifia sérieusement Guitou.

— Mais ce n'est pas grave ? demanda Marie, soucieuse.

— Je ne sais pas, je ne crois pas, c'est un peu bizarre.

Marie attira la fillette dans ses jupes.

— Tu ne veux rien dire à ta chère maman ?

La fillette pinçait ses lèvres.

— Bon un peu, moi j'aurai un enfant.

Et elle partit en courant laissant sa mère perplexe.

La clichette

Le lendemain, vers 11 h du matin, Suzon fit irruption dans la cuisine du mazet.

Isabelle et Marie s'affairaient à la préparation du repas.

— Je vous ramène les serviettes.

Isabelle débarrassa la servante du château.

— Assieds-toi, tu veux un verre de lait ?

— Oh ! je n'ai pas le temps, ils sont tous malades au château.

Marie se figea.

— Et qu'est-ce qu'elle dit la comtesse ? dit Marie d'un ton moqueur.

— Elle dit, elle dit. Attends, je n'avais jamais entendu ce mot, ça doit être du patois de Paris !

Isabelle aussi s'était arrêtée de vaquer à ses occupations.

— Alors ?

— Elle a dit qu'ils avaient la clichette.

— La quoi ? interrogèrent en même temps les deux curieuses.

— La clichette !

Marie et sa fille riaient de bon cœur.

— Mais ce n'est pas drôle, je ne fais que vider les tinettes, se fâcha Suzon.

— En fait, finit par dire Marie, ils ont la *cagagne*.

— Si ce n'est ça, ça lui ressemble. Ils sont rentrés à la nuit et à peine descendus de la calèche, ça a commencé la procession. Heureusement que toutes les chambres ont leur commodité.

— Et bien, ça ne m'étonne guère. Les coquelets, même bien cuits, pense ! Avec cette chaleur de juin ! La prochaine fois, elle lira un peu moins les magazines et m'écoutera. Nous, les hérissons de Carmen ne nous ont pas donné la clichette.

Et elle repartit à rire. Puis, devant l'air consterné de Suzon, Isabelle lui conseilla :

— Donne-leur bien à boire. Mais pas froid, plutôt de la tisane de sauge ou de camomille.

Proposition du Marquis

Suzon revint très vite.

— Mais ce n'est pas pour ça que je suis venue.

— Tu as ramené les serviettes, tu as l'air bien *dévariée* avec cette histoire de clichette !

Et mère et fille repartirent à rire.

Haussant les épaules, la jeune servante rétorqua :

— Mais non, c'est le marquis, il veut parler à Marius.

— Il est au château le marquis ? s'étonna Marie.

— Pour sûr, c'est lui qui les a ramenés, le comte était déjà mal. Il avait attaché deux de ses beaux chevaux blancs derrière la calèche. Là, il s'en occupe, mais il veut voir Marius.

— Et pourquoi ?

— Il ne me l'a pas dit.

— Il est malade lui aussi ?

— Que non, si tu vois ce qu'il a mangé ce matin !

— Bon, Marius est avec Louis aux chais.

Isabelle se frottait les mains à son grand tablier.

— J'y vais, maman, Suzon a déjà assez à faire.

Et se tournant vers elle.

— Le marquis, il est où ?

— Avec ses chevaux, dans le pré des trois cyprès.

Marie regarda les deux jeunes se hâter en direction opposée.

Marie venait de poser la grande marmite sur la longue table dressée sous le platane, quand les hommes arrivèrent, suivis du marquis, Louis, Marius, et trottinant pour les rattraper, Isabelle.
  Les ouvriers s'installèrent bruyamment.
  Isabelle fila vers la cuisine. Le marquis, suivi du père et du fils, s'approcha de Marie.
  Louis toucha l'épaule de sa femme qui se retourna.
  — Monsieur le marquis veut te parler.
  Marie fronça les sourcils et dit :
  — Ça ne peut pas attendre ?
  Le marquis s'avança à son tour, et dit :
  — C'est-à-dire que je voudrais partir avant la grosse chaleur.
  — Elle est déjà là, lui répondit Marie, affairée.
  Puis se retournant, elle adressa un beau sourire au marquis.
  — Vous mangerez bien un peu de mon ragoût ?
  — Mes bêtes ? avança le marquis prudemment. Sa cousine lui avait suffisamment parlé du caractère décidé de Marie, pour qu'il y aille doucement. Surtout qu'il venait avec une requête.
  — Ces hommes, ils ont travaillé au foin depuis l'aube.
  Et ajoutant le geste à la parole, Marie désignait les ouvriers en manche de chemise qui s'attablaient bruyamment.

— Je les sers, et je suis à vous. Mais prenez place aussi, monsieur le marquis.

Le marquis s'exécuta. Il respectait ses gens presque autant que ses chevaux, et surtout ses taureaux, et l'odeur du ragoût affriola ses narines.

Marius s'assit à côté de lui.

— C'est ma mère, elle sait toujours ce qu'il faut faire et surtout dire.

Une fois, le repas fini, les tables dégagées, la vaisselle faite, Marie vint en portant le nécessaire à café.

Elle s'assit à côté du marquis en lui servant une tasse de café brûlant.

— La petite finira, alors vous aviez à me dire ?

Le marquis souriant se lança.

— C'est à propos de votre fils Marius.

— Ah, ça, j'avais compris, monsieur le marquis.

Le marquis enchaîna :

— Je l'ai vu à l'œuvre avec les chevaux, il fera un bon gardian.

— Pour sûr, mais venez-en au fait.

— Je lui ai demandé s'il voulait venir avec moi.

— Et qu'est-ce qu'il a dit ?

Marius, discrètement, s'était avancé.

— Il a dit qu'il aimerait beaucoup, mais qu'il fallait demander à ses parents.

— Père est d'accord, avança Marius.

— Alors moi aussi, c'est avec lui qu'il travaille. Mais pour combien de temps ?

— J'ai un gardian qui s'est blessé. Le temps de la guérison, Marius pourra essayer le métier.

Marie se leva.

— Bon, et pour les vêtements ?

— Je fournis.

— Et pour la paie ?

À l'accoutumée, le marquis s'approcha de Marius, et lui parla à l'oreille.

Le jeune homme, un grand sourire aux lèvres, vint embrasser sa mère.

— Merci, mère, je vous donnerai ma paie.

— Va d'abord voir si tu la mérites.

Et faisant une petite révérence.

— Bien le bonjour, monsieur le marquis.

Hélant sa fille aînée qui s'engageait vers la cuisine, les bras chargés d'un plateau bien rempli :

— Isabelle, je te rejoins, on doit parler.

Tout en s'activant à côté de sa fille, Marie l'interrogeait.

— Alors tu ne m'as pas dit, Maria, qu'est-ce qu'elle t'a dit ?

— Oh, des balivernes comme dit Marius. Alors il part en Camargue ?

— Ne change pas de conversation, tu as entendu comme moi.

— Bon, elle a dit à Guitou « tu auras deux maris, et un enfant sans père. »

Devant l'air perplexe de sa mère, Isabelle rajouta :

— Tu vois, ce n'est pas logique. Guitou ce n'est pas la Sainte Vierge !

— Elle a sept ans Guitou, répondit Marie songeuse.

Puis, se reprenant :

— Et toi, qu'est-ce qu'elle t'a dit ?

— Encore plus improbable !

— Mais encore.

— Que j'aurai moi aussi deux époux, que le deuxième viendrait de loin et que ça serait le bon.

— Ah oui, pourquoi le premier ça ne sera pas le bon !

— Elle n'a rien dit de plus.

— Bon ! Le boucher, tu l'aimes ?

— Ben oui.

— Parce que, tu sais, moi, si j'avais dit oui au premier qui demanda ma main à mon père !

— Mais maman, il m'a d'abord demandé à moi !

— C'est vrai, mais !

— Maman je vais me marier, je vais être la patronne de la plus grande boucherie d'Arles.

Les yeux de sa fille brillaient de plaisir.

Marie se souvenait douloureusement qu'une fois déjà Louis avait empêché Isabelle de quitter la famille pour accéder à une promotion sociale.

Leur famille connaissait bien celle du fiancé et comme l'avait dit très justement Isabelle, c'est elle qui avait répondu positivement, alors les élucubrations d'une vieille gitane ne pesaient pas lourd dans la balance.

Le galop de tous les dangers

Marius se rendit sur les terres du marquis. À peine arrivé, on lui attribua, un costume en popeline, un chapeau à large bord, une paire de sabots, un cheval, une selle avec son harnachement.

Sitôt en selle, un gardian lui fit signe de se ranger avec les autres cavaliers.

— Nous allons regrouper la *manade*[1] dans un corral pour la *ferrade*[2] de demain. Tu me parais bien jeune pour tenir le galop.

Marius piqué au vif se redressa

— Je tiendrai !

Toute la journée sous le soleil torride et dans les gicles d'eaux saumâtres et de boue, le garçon manœuvra avec ses compagnons la manade de jeunes taureaux. Il ne ménagea pas sa peine, entièrement pris dans cette course pleine de cris de beuglements et d'une certaine fureur. Il adhéra avec enthousiasme à ce ballet de maîtrise de l'homme sur l'animal. Une fois le cheptel entré au toril, les hommes se dirigèrent vers le mas. Dans un grand nuage de poussière, ils s'arrêtèrent.

— C'est bien, petit ! lui dit le manadier.

Couvert de pied en cap par les projections des marécages, Marius affichait un visage buriné et

---

[1] Troupeau de taureaux.
[2] Marquage des taureaux.

souriant. Il glissa d ;e sa monture et une douleur fulgurante le terrassa.

Trois jours après, il se réveilla dans un grand lit blanc. Une vieille femme le regardait avec insistance. Il reconnut Maria, la gitane. Elle hocha la tête et baragouina comme une prière dans un dialecte rugueux étranger à son entendement. Il se redressa.

— Les Saintes-Maries ne te veulent pas encore.

La porte de la chambre s'ouvrit sur le marquis, il avait les mains encombrées d'une large assiette pleine.

— Maria, je prends le relais. Vous avez fait votre comptant de veilles auprès de cet enfant. Regardez, je lui ai fait une omelette.

Et se tournant vers Marius :

— Douze œufs de mes *gallinettes* [1] avec de la confiture de fraises, de quoi te remettre sur pieds !

— Mais pas à cheval ! insista Maria.

— Que m'est-il arrivé ?

— Tu es resté trois jours à délirer. Les bonnes herbes et les prières des amis gitans de ta mère t'ont fait revenir. Plus encore, elles t'ont soigné. Tu ne garderas pas de séquelles, mon beau.

— Mais je ne comprends rien, soyez plus clair.

— Tu as galopé trop longtemps et sûrement que ton pantalon t'a trop serré. Tu avais tout l'entrejambe entamé et sanguinolent. À cet endroit fragile, la

---

[1] Poules.

douleur aurait pu te tuer. Ce que je ne comprends pas, c'est pourquoi tu n'as rien dit.

Marius eut un geste entre ses jambes.

— Mais je n'ai pas mal. Tout semble à sa place. Je me souviens seulement d'une grande douleur, un serrement terrible au cœur.

— Bien sûr, dans le vent de l'action ! En tous les cas, il faudra que tu attendes pour remonter à cheval !

Ainsi Marius ne fut pas gardian.

Le marquis ramena Marius en calèche au château. Il avait des scrupules par rapport aux événements qui avaient failli coûter la vie au jeune garçon. Le long du chemin, Marius, très bien remis de son aventure camarguaise, discutait. Le marquis s'en étonna :

— Tu n'es pas trop déçu ?

— Oh, Monsieur le Marquis, je vais bien et comme dit ma chère mère, une porte se ferme, une autre s'ouvre !

Ils venaient de passer le portail quand un bolide les doubla et les dépassa dans un nuage de poussière.

— C'est quoi ça ? interrogea le gamin.

— Une automobile, tu n'en as encore jamais vu ?

— Oui, mais je ne pensais pas que ça allait si vite.

— Et ce n'est qu'un commencement, prophétisa sombrement le marquis.

— Ouah, ça me plaît.

— À ce que j'ai entendu dire, c'est plus dangereux que les chevaux.

La calèche se gara à côté du bolide sagement à l'arrêt. Marius sauta de son siège et se précipita vers l'automobile, excité comme une puce, en faisant le tour et en touchant avec ravissement la carlingue.

Le marquis, bientôt suivi de la comtesse, du comte et du propriétaire de l'automobile, rejoignit le garçon.

— Alors marquis, il n'a pas fait l'affaire Marius ?

— J'aurai bien voulu ! Un drôle si courageux, mais il vous expliquera. Regardez-le, il est déjà passé à autre chose.

Et s'adressant à Marius, le marquis lui dit :

— Comme dit ta chère mère : une porte se ferme, une autre s'ouvre. Mais fais attention, les gitanes ne peuvent pas tout guérir !

Marius n'avait que faire des recommandations du Marquis. Il avait quatorze ans et comme la plupart des jeunes de son âge et de tout temps une folle envie de vitesse et de nouveauté.

Les chevaux galopaient dans les prairies de son enfance. Il avait failli perdre la vie, le reste n'était que du rab et il allait vivre à cent à l'heure.

Les estrangers pas d'ici

Une nuit de grand mistral Louis fut tirée de son sommeil par un tambourinement sur la porte verrouillée du mazet. Marie, qui avait toujours eu un sommeil réparateur encore plus léger, se dressa sur son séant.

— Oh ? *Quèsaco ?*[1]

Louis avait déjà enfilé une veste sur sa longue chemise de nuit et s'apprêtait à descendre quand Marie prestement tira sur le pan de sa chemise.

— Tu ne prends pas le fusil ?

Louis haussa les épaules.

— S'ils tapent, c'est qu'ils cherchent de l'aide !

Il alluma la lampe tempête, le couple s'en vint ouvrir la porte.

Le faisceau blafard de la lampe éclaira deux hommes aux visages fatigués et très bruns.

Le premier qui semblait le plus âgé prit la parole.

— Excusez-nous de vous déranger à une heure si tardive, mais nous nous sommes égarés et l'essieu de mon chariot s'est cassé, est-ce que nous pourrions abuser de votre générosité et nous procurer une grange pour nous mettre à l'abri de ce grand vent ?

L'homme avait déversé sa requête sans reprendre son souffle, avec un léger accent plus rocailleux que

---

[1] Qu'est-ce que c'est ?

celui des Provençaux, mais avec une telle sincérité que Louis et Marie d'un seul élan ouvrirent leur porte.

— Rentrez vous réchauffer. Il me reste de la soupe de courge, dit Marie déjà engagée vers la cuisine.

Les deux hommes hésitaient devant la porte et le plus jeune dit :

— Vous êtes des braves gens, mais nous ne sommes pas que deux.

— Pas tout un régiment ? plaisanta Louis.

— Non Monsieur, mais toute une famille, ma femme et mes deux autres enfants se sont mis à l'abri sous un grand platane.

— Et bien, allez les chercher, nous aimons les grandes familles.

Une heure après, la famille Levitis, attablée, lampait silencieusement de grands bols de soupe que Marie avait rallongée de lait.

Le remue-ménage n'avait pas réveillé les aînés Seguin, mais Louis avait déjà semoncé la benjamine qui avait obtenu de rester assise dans les escaliers et dévorait des yeux les nouveaux arrivants.

— Et où alliez-vous ? les interrogea Marie.

— Nous venons d'Italie. C'est mon frère Toni qui nous a décidés à venir le rejoindre à Arles. Il nous avait promis de nous faire embaucher dans une carrière de pierres. On s'est perdu et l'essieu...

— Et bien, vous n'êtes pas trop perdus ce n'est pas Arles le pays des carrières, mais Fontvieille, les Baux et même Saint-Rémy. C'est un métier difficile et dangereux, mais très bien payé. Bon, nous allons vous montrer la grange. Bien entendu pas de feu même pas une bougie. Vous avez besoin de couvertures ?

— Non merci, nous avons ce qu'il nous faut dans notre chariot. Merci, merci beaucoup.

— Tant que l'on peut rendre service. Demain, je sers le café à 6 h.

Une fois les voyageurs installés, Louis rejoignit son épouse.

— *Pécaïre*[1], être sur les routes avec des enfants en plein hiver ! dit Marie.

— Parfois, il vaut mieux quitter un pays et tenter sa chance ailleurs même avec sa famille. Il paraît qu'ils crèvent de faim en Italie. Tu vois bien que l'on a de plus en plus de journaliers de là-bas. Moi, je ne m'en plains pas, ce sont de bons travailleurs. Demain, je parlerai un peu plus avec le père.

Mais le lendemain, les voyageurs avaient disparu.

Devant le seuil du Mazet, Marie trouva une très curieuse bouteille au goulot effilé sur le côté. Elle était vide de tout breuvage, mais elle comprit et apprécia ce modeste remerciement.

Quelques jours après, Guitou revint de l'école avec un sachet de papier plein de beignets. Elle courut vers sa mère.

---

[1] Le pauvre !

— Regarde maman ce que m'a donné *l'estrangère*.¹
— De qui tu me parles ?
— De celle qui a dormi avec sa famille dans la grange. Tu sais *l'estrangère* pas d'ici.
— Et tu l'as vu où ?
— À l'école, elle nous fait manger, c'est elle qui remplace Marie-Antoinette qui a eu son bébé !
— Bon, tu en sais plus que moi.
Un journalier nommé Bernard, juste rentré des champs, s'invita dans la conversation.
— Ils n'ont pas perdu de temps, le père et le fils travaillent à la carrière de Fontvieille, et ils ont trouvé un Mazet pour se loger.
— Et bien tant mieux pour eux ? Vous en avez à perdre du temps vous ; tenez, allez me remplir une dame-jeanne de vin et, attendez, puisque vous avez l'air bien renseigné, ils sont dans quel mazet ?
— Oh ! ce n'est pas terrible, celui du figuier juste derrière la gare.
— Ah bon ! s'étonna Marie. Mais, c'est une ruine ! Les héritiers, des gens de Beaucaire étaient persuadés que le vieil Antonin cachait des Louis d'or. Ils ont fait des trous dans tous les murs et même dans le toit. Un massacre pour rien. Finalement dégoûtés, pour ne pas s'encombrer, ils l'ont donné à la Mairie.

---

[1]Étrangère, et si c'est pas d'ici, c'est au moins après Arles.

Tu parles d'un cadeau et tu me dis que ces pauvres gens vivent dans ce lieu.

— À ce que j'ai compris, le maire leur a cédé pour le franc symbolique. Et ils le retapent avec des pierres récupérées à la carrière. Ne vous en faites pas pour eux. Le père et le fils aîné ont déjà la réputation d'être très bons tailleurs de pierres. On sait ce qu'ils gagnent, ces rouges.

Marie se fâcha.

— Je ne fais pas de la politique, mais, ce que je sais c'est que les carriers font un travail plus que dangereux, on en connaît tous des histoires d'accidents terribles, vous le feriez vous ce travail ? Alors leur salaire, ils le méritent bien !

L'homme pâlit puis se reprit. Il n'avait pas intérêt à se mettre la patronne à dos. Il embauchait tous les jours et il avait une famille à nourrir.

— Ne vous fâchez pas patronne ce que j'en dis c'est ce que j'entends au café de la place. Moi je ne les connais pas directement.

Marie lui fit front.

— Alors monsieur Bernard je vous dirai premièrement, que je me mets en colère si je veux. Et deuxièmement, les histoires des *bistroquets* [1] vous ne devriez pas les divulguer, ça peut vous faire du tort. Et enfin, troisièmement pour le coup vous m'avez fait perdre du temps. Allez me chercher ce vin.

---

[1] Bistro.

Et là-dessus, elle planta le travailleur qui s'empressa de s'exécuter.

Plusieurs mois après, Louis croisa sur le marché de Fontvieille le fils aîné des Levitis. Louis ne l'aurait pas reconnu si le jeune homme n'était pas venu à sa rencontre.

Le régisseur détourna la tête, persuadé que ce beau jeune homme bien vêtu voulait interpeller une personne placée derrière lui, mais non, le garçon lui tendit la main en souriant.

— Maître Seguin, comme je suis heureux de vous voir !

Devant l'air perplexe de Louis, il s'empressa de rajouter :

— Je suis l'aîné des Levitis. Vous nous avez offert la soupe et l'hospitalité, vous vous souvenez ?

— Et bien jeune homme bien sûr, mais les circonstances étant ce qu'elles étaient, je l'aurai fait pour n'importe qui. Comment va votre famille ?

— Très bien. Nous avons rebâti un mazet en piteux état et je travaille encore à la carrière avec mon père. Oh, mais que je suis content de vous voir. Maman serait tellement heureuse de vous inviter vous et votre famille. Elle nous parle très souvent de votre petite Guitou.

Devant l'air étonné, le jeune homme poursuivit.

— Ma mère a été un temps cantinière à l'école. Elle ne vous en a pas parlé la petite ? Bon si nous convenions que vous veniez dimanche au moins prendre le café et le dessert ? Ne dites pas non.

Devant l'insistance du jeune homme, Louis accepta. Il savait que Marie en serait ravie et il ne se trompa pas.

Non seulement les Seguin avec Guitou se rendirent chez Lisette et Denis Levitis ce dimanche, mais très souvent ils jouèrent aux jeux : tu m'invites et je te rends l'invitation. Les hommes discutaient politique et les femmes enfants et cuisine.

Un jour, au cours d'un repas dominical, les Levitis annoncèrent aux Seguin que leur fils aîné partait faire des études en Amérique et que, les plus jeunes âgés de 11 et 14 ans rejoindraient leur frère aîné. Eux seraient placés en pension pas très loin de leur grand-mère paternelle. Marie en fut tellement sidérée qu'elle ne put finir l'excellent baba au rhum de Lisette et précipita leur retour au Mazet. Elle embrassa néanmoins Lisette qui lui glissa furtivement à l'oreille.

— Un jour, tu comprendras.

Sur le chemin, assise bien droite dans la jardinière, Marie, furibonde, accosta Louis.

— Tu sais ce qu'elle m'a dit : « un jour, tu comprendras » ? Mais qu'est-ce que je peux répondre, hein ! Moi je ne pourrais pas les faire partir si loin mes petits. Pourquoi l'Amérique, elles ne sont pas assez bien nos écoles ? Ils ont tant d'argent que ça ? Qu'est-ce que tu comprends toi ?

Fixant la route résolument Louis finit par lui répondre :

— Chacun voit midi à sa porte. On n'a pas à tout connaître et peut-être c'est mieux ainsi. La seule chose dont je suis certain c'est qu'ils les aiment leurs enfants.

À partir de ce jour, Marie trouva des excuses pour ne plus aller chez les Levitis. Par contre, Louis continua à voir Denis, mais moins assidûment.

Adultes en devenir

Le comte et la comtesse avaient, semble-t-il, un revers de fortune et décidèrent de réduire leur domaine. Ils n'avaient pas de descendant direct et l'âge venant ils préférèrent de plus en plus leur douillet appartement de Paris à ce grand château impossible à chauffer.

Louis et Marie eux aussi vieillissaient. Ils avaient acheté une maison confortable dans la Grand-rue de Fontvieille, mais continuaient à vivre au Mazet et à travailler pour le comte. Isabelle allait se marier et leurs deux garçons ne voulaient pas continuer à travailler au mas. Louis le prit très mal. Le comte le rassura.

— Vos garçons, ce n'est pas l'amour de la terre que vous leur avez transmis, mais c'est le respect du travail bien fait. C'est essentiel. Je peux les faire rentrer au chemin de fer à Arles. Qu'en pensez-vous ?

— Je vous remercie Monsieur. Je suppose qu'il faut avoir fait des études pour rentrer aux chemins de fer et vous savez que l'école ne les a jamais passionnés, surtout Marius.

— Ce n'est pas une question de savoir, mais d'intelligence et tous les deux n'en manquent pas, il y a les cours du soir pour les former. Parlez-leur de cette proposition, car il y a aussi un problème de motivation, vous êtes bien conscient que maintenant c'est à eux de décider.

Les garçons furent enchantés. Ils passèrent un entretien de formalité et commencèrent les cours du soir à Arles tout en continuant à travailler sur le mas en journée. Ils firent ainsi de nombreux aller-retour dans le petit train des Alpilles de Fontvieille à Arles.

Ange et Isabelle se marièrent. Enfin, elle pouvait prétendre à ce qu'elle crut une bonne situation.

Elle aurait pu rester oisive, mais son caractère ambitieux et travailleur la poussa à participer activement à la bonne marche de la boucherie. Elle convainquit son époux de gérer les encaissements dans la boutique et peu à peu s'intéressa à la comptabilité. Ange ravi, lui paya même des cours par correspondance pour parfaire ses connaissances.

Le jeune couple partageait très souvent le repas dominical avec les Seguin.

Marie pourtant s'inquiétait et s'en confia à son Louis un soir sur l'oreiller.

— Tu ne trouves pas qu'elle a un air triste.

— C'est-à-dire que l'Ange aussi il n'est pas gai.

— Il a beaucoup changé depuis son retour de la guerre. En fait, il me fait penser à mon père. Je vais essayer de la faire parler.

— Je ne crois pas qu'il soit méchant, il y a quelque chose qui le chiffonne. Pourtant son commerce est florissant et Isabelle sait bien tenir et son ménage et les comptes. Peut-être quand un *pichoun*[1] arrivera ça ira mieux.

Cela fit sourire Marie. Il y avait longtemps qu'elle n'avait pas tenu un *caganis* dans ses bras et cette perspective lui gonfla le cœur.

Le dimanche d'après elle interrogea son aînée qui haussa les épaules et tenta de la rassurer.

— Tout va bien, maman, nous sommes un peu fatigués. Ange veut prendre des vacances. D'ailleurs, je voulais te demander si Margueritte pouvait nous accompagner.

Marie en resta bouche bée. Après s'être ressaisie, elle lui dit.

— Bien ma belle, il a les moyens de fermer boutique et en plus de payer les vacances à Guitou ?

— Mais oui maman, il me doit bien ça.

— Ah, je vois bien qu'il y a quelque chose que tu ne veux pas me dire. Comment, ton époux te doit quelque chose ? Et quoi ? Isabelle, je peux tout entendre.

Marie avait saisi les bras de sa fille et déjà les larmes lui venaient.

Isabelle, plus rigide qu'à l'accoutumée, détacha la main de sa mère.

— Je te dis que tout va bien. Alors ma sœur pourra-t-elle venir ? Nous allons à Chamonix voir la mer de Glace.

---

[1]Petit enfant.

Malgré une intime conviction sur ses inquiétudes, Marie comprit qu'elle ne tirerait rien de plus de sa fille.

— Bon, mais s'il y avait une *angaste* [1]hein, tu me le dirais ! Et puis pour Guitou, c'est bon, il y a Marie Antoinette avec Gaston qui se sont engagés pour deux mois. Va lui dire à la petite, elle est en train de mettre la table, tes frères sont là aussi.

Marius arriva le premier. Il était vêtu de pied en cap d'une combinaison intégrale en grosse toile bleue et quelques mèches de ses cheveux très noirs s'échappaient d'un casque de cuir clair. Il s'essuyait les mains distraitement à un morceau de tissus graisseux.

— Et mes belles, qui j'embrasse en premier ?

Isabelle fit mine de s'enfuir, elle ne voulait surtout pas se faire salir et froisser sa jolie toilette.

Marie en riant se laissa emporter dans les bras généreux de son *beau drôle.*

— Je suppose que tu bricoles encore la voiture du château.

— Juste un peu, je dois donner une leçon de conduite à une amie de la comtesse.

— De bonne conduite ! rétorqua son frère qui venait aussi embrasser sa mère.

— Oh, moi je ne suis pas comme toi, le grand séducteur de ces dames !

---

[1]Un problème.

— Toi, tu n'en as pas besoin, elles te veulent toutes.

— Tant pis pour elles. Il n'y en a pas une qui vaille ma chère mère.

— Ce n'est pas que la tienne, il faut la partager.

— Tu n'y entends rien. Ce n'est pas du gâteau *galavard* que tu es. Man, elle a de l'amour pour nous tous et il en reste.

— Ne vous disputez pas, Marius a raison là-dessus. Je vous aime tous, allez, vous êtes grands maintenant. Et toi, Jean, raconte-moi, la petite Marion était en larmes vendredi, elle voulait te voir. Qu'est-ce que tu lui as fait ?

— Rien, je ne lui ai rien fait, c'est peut-être pour ça ! Elle aurait bien voulu !

— Jean, il faut que tu cesses avec les filles, ce n'est pas un jeu. L'autre dimanche, c'était la Paulette et après...

— Après rien, tant que je ne te la présente pas. Il ne faut pas les croire.

Marius vint au secours de son frère

— Ce n'est pas sa faute, dans le train d'Arles, elles veulent toutes se mettre dans son wagon.

— Et pourquoi ?

— Il raconte des blagues et surtout il chante !

— C'est vrai que tu as une belle voix. Et qu'est-ce que tu chantes ?

— Ce qui me vient par la tête, mais surtout des chansons en provençal. Moi j'aimerais apprendre la musique pour jouer du galoubet, je trouve ce son tellement beau !

Guitou qui venait d'arriver s'approcha de son frère et lui dit avec un petit air tristounet

— Moi aussi j'aime bien chanter, mais la maîtresse m'a dit : Mademoiselle, taisez-vous, vous faites tromper les autres.

— Ce n'est pas grave, sœurette, tu fais bien la cuisine. D'ailleurs, je sens *les sardines à l'escabèche*[1] que tu as préparée.

Ragaillardie, Guitou cria à la cantonade ;

— Alors, venez manger !

Et tous se dirigèrent vers la grande table dressée dans l'ombre douce du platane.

Isabelle, Margueritte et Ange partirent une semaine à la montagne. Quand ils revinrent, Marie constata avec bonheur le profit qu'avaient retiré ses filles de ce séjour. Surtout Isabelle qui semblait plus détendue.

Un soir Guitou raconta son émerveillement devant les cimes enneigées.

— C'était si beau, si grand. Le soir avec Isabelle on s'endormait sous une énorme couette en plumes

---

[1] Préparation délicieuse des sardines avec des feuilles de menthe fraîches.

d'oie. C'est la dame qui tenait l'hôtel qui nous a expliqué que les oies sauvages passaient au printemps et pan ! ils en tuaient pour les manger, mais surtout pour les plumes.

— Tu dormais avec Isabelle ? s'étonna Marie.

— Ben oui.

— Et Ange ?

— Oh ! Lui, il avait l'autre chambre avec un lit encore plus grand, de toute façon on ne le voyait pas trop. On a fait toutes les promenades sans lui, il préférait se reposer ou discuter avec des messieurs au bar. Isabelle, elle a été très gentille avec moi. Même qu'elle riait parfois.

Marie sentait son cœur se serrer douloureusement. Elle se remémora la prédiction de la vieille gitane.

— Ce n'est pas le bon, dit-elle tout bas.

Mais que faire ? Devenir adulte c'est faire ses choix et après, tout était une question de chance, de rencontres. Marie avait quitté la stabilité et la chaleur de la boulangerie pour suivre Louis dans une vie précaire, mais elle l'avait fait par amour. Pour Isabelle, Marie se doutait bien que c'était autre chose qui avait guidé les choix de sa fille, une certaine revanche sociale qu'on lui avait volée. Comment aider ses enfants à passer ce cap difficile ? Elle les revoyait faire leurs premiers pas. Chacun avait appréhendé l'exercice différemment. Isabelle, arrivée après trois enfants décédés, avait été sollicitée, applaudie, embrassée dès qu'elle avait lâché la main de son père. Jean avait été le plus prudent. Marius s'était comporté comme à sa naissance, à peine dressé sur ses petites jambel avait couru. La plus téméraire avait été bien sûr Guitou.

On disait dans le langage courant : petits enfants, petits tourments. Mais on ne prophétisait prudemment rien sur la suite. Marie avait une seule certitude : tant qu'elle serait de ce monde, elle les soutiendrait.

À suivre...

Table de matières

P 5	Introduction
P7	la famille du boulanger
	Madeleine
P15	Marie et Isabelle
p19	Miette
P23	Le boulanger et ses filles
P27	Marie et Louis
P33	Louis
P35	L'envol
P41	La veillée
P45	Jean
P49	Les héritiers
P55	Et
P55	La famille du boulanger
	La lavandière
P59	Inventer sa vie
P65	Drame et joie de la famille Seguin,
	La diphtérie
P67	Et la vie continue
P69	Le Mazet
	L'installation
P 73	Une place pour chaque chose
P75	Le Gel
P78	Taste vin

P 83	Régisseur
P85	Marie
P91	Il était 3 petits enfants
P94	Les années de guerre
P97	Les allemands
P101	La permission
P105	Le chapeau d'Isabelle
P111	La grippe espagnole
P117	Promotion
P119	Les cacalousons
P127	Le dîner de la comtesse
P131	Préparation d'un dîner au château
P139	Les pâtes de fruits
P141	Une place pour petit Guitou
P 145	Le vélo
P147	Marius le malin
P153	Une drôle d'éducation
P157	La demander
P161	La préparation d'un pique-nique
P169	Sur la route des saintes Maries de la Mer
P173	Les Saintes-Maries
P177	Prédiction
P181	La clichette
P183	Proposition du marquis
P189	Le galop de tous les dangers
P193	Les estrangers pas d'ici
P201	Adultes en devenir

Vous avez aimé ce livre, vous aimerez aussi

De Marie Bolus
Les éveillés du clair-obscur
Les éveillés dans l'ombre portée
Les éveillés sur la ligne fuite
La lumière des différents

Contact : marie.france.bolus@gmail.com
Auto-Editrice

Fabriqué en France

Achevé d'imprimer
sur les presses de l'imprimerie
MON ÉDITION
8, rue de Berne - 30000 Nîmes

Novembre 2023